乡愁里的旧食光

XIANGCHOU LI DE
JIU SHIGUANG

巴陵 / 著

重庆出版集团 重庆出版社

图书在版编目(CIP)数据

乡愁里的旧食光/巴陵著. —重庆:重庆出版社,2020.12
 ISBN 978-7-229-15426-4

Ⅰ.①乡… Ⅱ.①巴… Ⅲ.①散文集—中国—当代 Ⅳ.①I267

中国版本图书馆CIP数据核字(2020)第227965号

乡愁里的旧食光
XIANGCHOU LI DE JIU SHIGUANG
巴陵 著

责任编辑:钟丽娟
责任校对:刘小燕
装帧设计:刘沂鑫
插　　图:曾子言

重庆出版集团 出版
重庆出版社

重庆市南岸区南滨路162号1幢　邮编:400061　http://www.cqph.com
重庆出版社艺术设计有限公司制版
重庆市国丰印务有限责任公司印刷
重庆出版集团图书发行有限公司发行
E-MAIL:fxchu@cqph.com　邮购电话:023-61520646
全国新华书店经销

开本:889mm×1194mm　1/24　印张:8.75　字数:260千
2020年12月第1版　2020年12月第1次印刷
ISBN 978-7-229-15426-4
定价:49.00元

如有印装质量问题,请向本集团图书发行有限公司调换:023-61520678

版权所有　侵权必究

自 序

乡愁是一种病，思想的不治之症；乡愁是一种痛，心灵的锥心锉骨；乡愁是一种思念，唯有美食和乡音是良药，坚持使用可以治愈。

我未满二十岁就离开了养育我十九年的故乡，我一路的打工、求学、结婚、生子、立业，都徘徊在大都市的城门之外，进不了城市的内心，也上不了大都市的高层，更回不去我惦记的村庄。记忆里的农村，已经变化得面目全非，它渐渐疏远了我。那寄居的大城市，又与我格格不入、从不同屏，观念、衣着、食物都不一样，排斥我这个"乡巴佬"。

我一直在思索、检讨，我才知道自己得了一种叫"乡愁"的病。我一个人的时候，常常锥心锉骨地痛；在夜深人静的时候，我也常常无法入眠；工作的时候，我又力不从心，效率非常低。这些年，我唯一能缓解痛苦的只有那无法抗拒诱惑的美食，无论它来自我的故乡，还是来自远隔万水千山的异域他乡，只要它是道地的食材，能够做出美味可口的美食，都可以慰藉我的心灵、麻木的神经，我把这些称为自己的"食光"。

一九九七年的夏天，我离开故乡、走出学校，到长沙、岳阳等地挑灰桶、倒混凝土、抬预制板、挖垃圾坑、搬窑砖、搞双抢等，靠苦力过活。后来，又辗转东莞、惠州，一度干进厂搬运木材、砂磨木器、喷漆等杂活。这些辛苦又超额的体力活，过多地消耗我的体能，需要更多的食物补充能量。而唯一让我刻骨铭心的记忆，不是生活有多苦、有多累，而是我有多饿、我有多抗饿，常常只能用一碗炒河粉来打发我的饥荒。

我不得不寻求新的出路，只好重返学校，追求知识，到长沙求学深造。

长沙被列为美食之都，为食客所钟爱。我专心求学，肉体不再受煎熬，没有被饥饿纠缠，心情有所放开。每天早晨、中午、晚上，我从宿舍到教室或从教室到宿舍的路途，不是早餐铺，就是餐馆、饭店，一到开餐的时候，只见店里是老板、服务员忙碌的身影，只有坐在餐桌前的食客，他们悠闲自得、消遣时光，那份用膳的快感，让我难于释怀、不能忘记，我是既羡慕又向往还心怯。

从小，我嘴巴周边长了一圈黑痣，乡人常笑我长的是好呷痣。我幼年身居农村，生活本来拮据，普通粮食都难于满足，哪里还有山珍海味来品味呢？两三年的城市奔波、寻觅，还是在饥寒交迫中度日，根本无法体会到吃饭的快乐和愉悦，也没闲情逸致来享受吃的过程，只求饱肚抗饿。

二〇〇〇年开始，事情发生了明显的变化。我受某位出版社的朋友瞧得起，常常被带去社会上见见世面，无论是茶馆、饭店，还是酒吧、咖啡馆，我成了他的"小跟班"。我们除了约定的社交、闲谈、吹牛等活动，还有就是压轴的吃吃喝喝等活动。这是我学吃学喝的开始，那些吃的礼仪、吃的文明、吃的方法、吃的奥妙、吃的问候、吃的文化、吃的营养、吃的精髓等，都成了我偷学或者现学现用的东西。

这漫长而又频繁的吃喝学习任务，我都身心沉浸其中。我既兴奋又惶恐，兴奋的是好吃好喝而又天天不用自己掏钱；惶恐的是哪天吃不上了自己又没钱吃不起该咋办。这样的光景，我持续了两三年。我对吃、喝的学习、积累、总结，慢慢释放了自己吃的天性，发现了自己吃的天赋，明白了自己吃的天理，逐步上升到吃的闲情逸致和享受了，有了真把"时光"当"食光"的感觉。

我大学毕业进入图书出版行业，谋得一份阅读文字的工作之后，隔三岔五有人请客，约我们吃饭；我也经常组织三五同事，一起去单位周边的新店品味；还邀请三朋四友，在学校周边一起上餐馆、饭店寻觅菜肴；又自己下厨，做一桌的菜肴请朋友们指导；每月有三四千元的稿费，可以埋单上馆子。这些条件的变化，给我品味美食提供了足够的物质基础，让人感觉舒服、温饱。

我参加工作之后，经常是频繁地出差，节假日又做长途旅行，让我到其他省份和城市行走，吃到了无数道地的美食，跨越多个菜系。那些常见的地方小吃、平凡的菜肴、奇异的特产，往往触动我的心灵，唤醒我乡愁的触角。这些食物，我吃后久久不能忘却，只好用那支枯秃的笔尖描摹下来，形成一段一段的文字，记叙着我品味这些食物的过程和食物的历史文化及故事。我持续地记录，勤恳地书写，日积月累，那美食文章一篇又一篇地在全国各地的报刊上发表、传播。一传十，十传百，大家都误会了我，忘记我是一个作者，人人都记住了我的美食写作，并褒誉我为"美食作家"，也让我都怀疑自己最适合写美食散文。

我经过几年的报纸副刊写作，文章数量确实不少，成文也快，那千字文式的美食散文写作没有让我满足、停步不前。我倒觉得，那些写得短小的美食散文，它们的深度远远不够，文化和背景也挖掘不深，没有让文章更加地丰富、饱满，结构也没有完全舒展开来，没有让饮食文化完全包容进来。

我思索再三，觉得美食写作不是饮食学，只是一种饮食文化的表现，它不是一个完整的学科，是一个不成形的边沿性、交叉性学科方向，它涉及文献学、文字学、考古学、文物学、农业学、工业、林业、生物、微生物、发酵、物理、化学、机械、锻造、加工、储存、运输、科技史等，是个交叉性极强的学科门类。

我们写美食，往往很容易迷失自我，沉浸于吃喝之中。我总觉得，我要寻找到自己的根。我的根在湖楚大地上，那古老的楚国就是其疆界，它跨越现在的湖南、湖北、四川、重庆、贵州等地，也是最古老的楚菜诞生地，其中《楚辞》记录、马王堆汉墓出土文物、沅陵汉墓出土文献的菜肴就是其代表。

我们的美食探索，容易偏离方向，走入自我的感觉，没有了灵魂。我扎根深入的楚菜，它有自己的灵魂，经历几千年的飘荡、游走，它现在的表象就是大楚菜的辣、麻，让人畏惧、害怕，又受人欢迎、喜爱，吃过有记忆，事后还有回味。

我沿着这个思路，写下了荆楚绝味、湘辣食光、巴蜀滋味、高原味道、食光杂谈，成为《乡愁里的旧食光》，让我在辣与麻里跳跃，让我在美食里呐喊，让我在味道里驰骋，这些喧嚣终究凝聚成文字，汇集成记忆。

是为序。

Contents

目 录

··· 荆 楚 绝 味 ···

第 一 辑

雁鹅菌	/ 003	潜江油焖大虾	/ 025
张家界岩耳	/ 007	沔阳三腊	/ 029
葛根粑	/ 011	沔阳三蒸	/ 033
南县麻辣肉	/ 016	沙湖盐蛋	/ 038
荆州鱼糕	/ 020		

湘 辣 食 光

第 二 辑

大冲辣椒

东山紫姜	/ 043	临武麻鸭	/ 066
大冲辣椒	/ 046	城步苗家香辣椒	/ 070
洞口酸辣椒	/ 049	湘阴无名田螺	/ 074
洞口挨钵菜	/ 052	苗族打油茶	/ 078
醴陵焙肉	/ 055	苗家的米酒	/ 084
皮蛋拌豆腐	/ 059	土家族打油茶汤	/ 090
湘西南灌辣椒	/ 062		

第 三 辑

··· 巴 蜀 滋 味 ···

回锅肉	/ 097	钵钵鸡	/ 124
除夕，成都飘荡着凉卤味	/ 101	武隆羊角豆干	/ 129
夹沙肉	/ 106		
九斗碗	/ 109		
酥肉	/ 116		
双流肥肠粉	/ 120		

高原味道

第四辑

凯里白酸汤江团	/ 135	肠旺面	/ 155
夜市贵阳	/ 139	水城烙锅	/ 159
春咬丝娃娃	/ 144	威宁荞酥	/ 162
豆腐圆子	/ 148	过桥米线	/ 166
恋爱豆腐果	/ 151	楚雄牛肝菌	/ 170

第 五 辑

⋯ 食 光 杂 谈 ⋯

食话仙岛湖	/ 175	夏日粥瘾	/ 189
点菜的学问	/ 178	边走边尝的茶痴与饕客	/ 192
饭店名的诱惑	/ 181		
雷同的菜肴	/ 183		
耿兄弟大排档	/ 187		

第一辑

荆州鱼糕

荆　楚　绝　味
○　　○　　○　　○

雁鹅菌

南岳衡山是千年鸟道的必经之地，自古就有无数诗词述说大雁飞到衡阳回雁峰不再向南飞，真正的大雁的确是"衡阳雁去无留意"，还一直往南飞去，飞到热带去越冬。湖南境内的南岳七十二峰，从衡阳市区的回雁峰开始，延绵到长沙市区的岳麓山，这些山峰，都留下了大雁南来北往的痕迹，很多山峰还是它们的宿营地。当地人把大雁与天鹅联系在一起，并不完全分开，统称雁鹅。

南来北往的大雁飞过南岳七十二峰的时候，遇上梅雨和秋雨气候，都是淫雨霏霏，连日不开的景象，这是湖南境内的一种典型性气候，因为有大雁这个标志，就成了标志性大雁气候。在这个时候，在南岳七十二峰上正好有种蘑菇出现，学名松

——因为有雁鹅飞过，在宿营地拉下的很多粪便，与飘落的松针堆积在一起，促进了真菌的繁殖和迅速生长。这种松乳菌无论形体或味道都有别于普通的松乳菌，故以雁鹅菌相称。

乳菌。因为有雁鹅飞过，在宿营地拉下的很多粪便，与飘落的松针堆积在一起，促进了真菌的繁殖和迅速生长。这种松乳菌无论形体或味道都有别于普通的松乳菌，故以雁鹅菌相称。

雁鹅菌出产最集中的地方是南岳衡山，衡山分前山后山，前山的坡度比较缓，从山脚到半山腰以上都是马尾松的生长密集地，特别是半山腰以上的松树受到风力和山势的影响，长得不是很高，便于大雁的栖息和松乳菌的繁殖。雁鹅菌呈浅棕色，形状如伞，小至铜钱，大至菜碗，均质松肉肥，鲜嫩可口，为南岳衡山闻名的香客美食，被无数美食爱好者所惦记。

南岳衡山不只产雁鹅菌，还产十几种菌类，唯有雁鹅菌是上品。衡山的居民和山上的寺观僧侣道士都喜欢采摘雁鹅菌，作为美味佳肴和素食佳品。为了保存雁鹅菌，以便在其他时节和重大节日可以尝到，寺观的僧侣把雁鹅菌制成菌油——采摘的新鲜雁鹅菌在洗刷干净，晾干水分之后，用烧沸的茶油炸熟，连同少许茶油和雁鹅菌一起用陶瓷坛子贮藏、密封，保存其芳香。菌油可以下面（粉）、调汤、炒肉、烧菜，无一不宜，只要滴少许在菜上，便觉芳香扑鼻，清凉生津，脾胃大开。

南岳衡山以佛教闻名于世，餐饮以素食为主，南岳斋席备受世人关注。

南岳素食始于东晋，技艺日臻精巧，已由一般素食发展到高级斋宴，各大寺庙、饭馆均擅长制作。南岳的斋席通常以一品香、二度梅（霉）、三鲜汤、四季青、五灯（炖）会、六子连、七层楼、八大碗、九如意、十样景等十多种形式呈现——一品香为单盘素菜；二度梅为霉豆与腐乳；三鲜汤按时令以三样鲜菜做汤；四季青即四种不同青菜；五灯会为五种炖品；六子连通常指烧茄子、炒笋子、炖菌子（雁鹅菌）、油辣子、豆干子、藕丸子；七层楼为假肉、丸子、馒头、面筋、菜心、玉兰片、香菇七样层叠而成为一碗（即衡东头碗），如全家福或狮子头；八大碗用八样素菜仿荤席办成酒席；九如意按时令不同，客人多寡配菜做成便餐即如意餐；十样景有两种，一种是十景素烩，称小十样景，即由玉兰片、红萝卜、白萝卜、百合、白菜心、冬菇（雁鹅菌）、荸荠、马铃薯、豆笋皮、子面盘筋等烩焖而成，其中玉兰片、红白萝卜、荸荠、马铃薯雕成各种花形，非常美观。另一种是十样大菜办成酒席，十大碗通常指海生植物食品、珍珠米、油捆鸡、油豆笋、冰糖湘莲、七层楼、八宝饭、烤菇汤（雁鹅菌）与青菜，也有全仿荤席办成十大碗的，十样景用料多样，制作精细，酸甜软脆俱备，水陆素食皆有。南岳素食还有浓厚乡土风味的素食，即豆腐、香椿、辣椒、笋子、菌子（雁鹅菌）等几十种菜肴的单独制作，吃法独特，别饶佳趣。素斋中高档次的菜肴少不了雁鹅菌的参与，与南岳云雾茶、西渡湖之酒（黄龙玉液）、衡南鸽来香合称雁城四件宝。

  雁鹅菌成熟期的时候为每年的农历三月和八月，南岳衡山便有许许多多男女老少背着竹篓或提着竹篮在松树林里寻找雁鹅菌，当风坡上的雁鹅菌长成伞状菇时，菌盖表面有一圈一圈同心圆的金黄或黄绿色的花纹，与衡山的松树表皮极其相似，非本地人遇到雁鹅菌，以为是掉在地上的松树皮，故当地土著人称它为松皮或松树菇。秋季松皮有两色，一色是通体金黄，宛若黄金铸就；一色为金黄中泛着绿色，犹如出土的远古青铜器皿，两色松皮的味道和口感并无两样，只是金黄中泛着绿色的松皮比纯金黄色的要肥硕些罢了。

  雁鹅菌是菌中之王，其味鲜美，营养丰富，富含有蛋白质、微量元素和多种氨基酸，具有增强食欲、免疫力及保健防疫之功能，是各地来南岳衡山的美食爱好者追逐的对象，现在无人工栽培，主产衡山。湘中、湘西山区有类似的菌子，称为寒菌，颜色、肉质、口感均有差别。

衡山雁鹅菌因受气候、温度、湿度等条件的影响，每年在寒露之后秋高气爽、大雁南飞最佳季节生长在仔松树丛林中；霜降自灭，属纯天然菌种，口感及营养价值在所有菌类中独具一格，任何菌种无法与其相提并论。因为衡山是周围山峰中海拔最高的，并且风景秀丽，无任何污染。雁鹅菌子实体中等至大型，菌盖直径四至十厘米，扁半球形，中央黏状，伸展后下凹，边缘最初内卷，后平展，湿时黏，无毛，虾仁色，橙色和褐色，有或没有颜色较明显的环带，后色变淡，伤后变绿色，特别是菌盖边缘部分变绿显著。菌肉初带白色，后变胡萝卜黄色。乳汁量少，橘红色，最后变绿色，菌褶与菌盖同色，稍密，近柄处分叉，褶间具横脉，直生或稍延生，伤后或老后变绿色。菌柄长二至五厘米，粗一至两厘米，近圆柱形并向基部渐细，有时具暗橙色凹窝，色同菌褶或更浅，伤后变绿色，内部松软后变中空，菌柄切面先变橙红色，后变暗红色。

秋季越是雨季、气候越潮湿，雁鹅菌长得越多。它需要马尾松树叶、沙性土壤、雨水，采集较为困难，当地老百姓一般夜间打手电上山，采下后应用冰袋降温，一般只可保鲜三天，弥足珍贵。

雁鹅菌可炒、可炖。炖猪肉，味道柔和，口感较脆，香味浓郁，润滑清爽，烹饪时很远都可以闻到香味。吃时香甜可口，回味无穷。炖土鸡味道极鲜，营养价值高，是秋季进补的佳肴之一。

张家界岩耳

曾有张家界的朋友对我说，到张家界旅游欣赏风光秀丽的山水是一饱眼福，喝上一碗土家人用泉水熬制的香味浓郁的岩耳鸡汤是一享口福，如果两者尽得，到张家界旅游就算圆满了。我无数次到张家界出差，对张家界的三宝一绝有些了解，葛根粉、蕨粉、岩耳为张家界三宝，杜仲茶为张家界一绝，我开始几次到张家界都没有吃到岩耳鸡汤，唯有二〇〇九年在编写《湖南省旅游志》时陪同几位老局长到张家界考察，在张家界的饭店和土家人家里吃过几次岩耳鸡汤，至今回味。

张家界的菌类品种繁多，色味各异，备受游人喜爱，最出名的是黑木耳和岩耳，岩耳尤为珍贵。岩耳生长在张家界境内核心景区的悬崖绝壁之上，为岩石的苔衣，

岩耳

岩耳生长在张家界境内核心景区的悬崖绝壁之上，为岩石的苔衣，体呈叶状，背面为灰色或黄褐色，营养丰富，有消炎滋补的功能，既是食品又是药品，张家界人视为山珍，连天门山上的僧侣都把它当作佛家珍物，偶得岩耳便珍藏馈赠友人。

体呈叶状，背面为灰色或黄褐色，营养丰富，有消炎滋补的功能，既是食品又是药品，张家界人视为山珍，连天门山上的僧侣都把它当作佛家珍物，偶得岩耳便珍藏馈赠友人。

《永定县志》载："岩耳系民间珍品，食中佳肴，并有去热清火滋补之功能。和肉作羹或炖鸡，味道鲜美。采岩耳者以长绳一头束腰，一头绾铁钉，陷石罅中渐移，遇上下亦如之，间或偶遇飞虎剪绳，则立成齑粉。"岩耳极其珍贵，古代已列为贡品。宜作佳蔬食用，尤适宜出血性疾病，如劳咳吐血，肠风下血，痔漏出血的患者食用；适宜患有慢性气管炎咳嗽气喘者食用。

岩耳分布在我国南方的浙江、安徽、江西、湖南及西南、陕南山区，主产于江西，为庐山的特产之一，与石鸡、石鱼被称为庐山三石。岩耳生于悬崖峭壁的向阳面，以片大完整者为佳。《本草纲目》载："石耳生于天台、四明、河南、宣州、黄山、巴西、边缴诸山石崖上，远望如烟。[时珍曰]庐山亦多，状如地耳，山僧采曝馈远，洗去沙土，作茹胜于木耳，佳品也。甘、平，无毒。久食益色，至老不改，令人不饥，大小便少。明目益精。"《粤志》载："如苔藓，碧色，望之如烟。亦微有蒂，大小朵朵如花。烹之而青紫，如芙蓉，石耳善发冷气，多和生姜食乃良。惟石耳味甘腴性平无毒，多食能润肌童颜。"《药性考》载："石崖悬珥，气并灵芝，久食色美，益精悦神，至老不毁。"

岩耳为地衣植物门石耳科植物石耳的地衣体，其形似耳，生长在悬崖峭壁阴湿的石缝中而得名，体扁平，呈不规则圆形，上面褐色，背面被黑色绒毛。别名岩菇、脐衣、石壁花、石木耳、地耳、石菌、石花，性凉，味甘，入肺、心、胃经。养阴润肺，凉血止血，清热解毒，主治肺虚劳咳、吐血、衄血、崩漏、肠风下血、痔漏、脱肛、淋浊、带下、毒蛇咬伤、烫伤、刀伤等病症，防治胃溃疡、降血压、防癌抗癌等。

张家界的岩耳生长在海拔一千米以上的石英砂岩峭壁上，靠吸收岩石体内的微量元素繁殖生长，无任何污染，品质上等、其味鲜美、脆嫩清香，为庖厨之珍。野生的岩耳终年生长在深山峭崖的岩石上，属高山真菌，无法人工培植。张家界山清水秀、深山岩石终年云雾缭绕、环境润泽，盛产野生极品岩耳，引来众多食客搜寻。

采摘岩耳是项惊险、危险的工作，既要有身体，又要有胆量，还要有技艺。采摘季节一般选择在秋末冬初，甚至寒冬，岩耳经过一春一夏一秋的生长繁殖，在冬季暂停生长，表面比较干燥。岩石上也不再潮湿、溜滑，采岩耳的人可以借助岩石上的裂纹停脚、攀岩，只是有时山谷起风，人悬挂在半空，极其寒冷，手脚容易麻木。岩耳一般生长在悬崖峭壁上，采摘岩耳要腰拴绳索，身背布袋，挂索下岩，在陡峭的悬崖峭壁上登一脚、移一个位子，有时就像人在万丈深渊中打秋千，看了惊心动魄。岩耳的产量极低，生长缓慢，采摘起来极其困难，偶尔发现几棵，采摘的时候不能破坏它的整体，要截断与岩石连接部分，小于拇指的岩耳不能破坏其边沿，要留着其长大，以后继续采摘。

岩耳四季均可食用，夏天吃岩耳能消炎，还能防馊，煮熟后糯性较强，奇香可口。如果和猪肉作汤，味道更美。在湘西山区，岩耳还被土家人用来防止食物变馊变腐。在炎热的夏季，只要在新鲜肉汤中扔几片岩耳，三五天后仍然味道鲜美。

岩耳素炒、荤炒、焖肉、炖汤、火锅均可，入馔时一定要与生姜同烹，否则有异味。其食用方法大致可分为甜咸两种，甜食是用冰糖或白糖清蒸，亦可加入红枣、莲子、桂圆肉；咸食是用母鸡或瘦猪肉炖、蒸或烧。

张家界有道著名的家常菜叫岩耳炖鸡汤，我非常的喜欢，自从在张家界吃过之后，我带了些岩耳回来，给家人做过几次。原料有母鸡、岩耳、小葱、姜、火腿骨、精盐、绍酒、熟猪油等，张家界的岩耳要用三十至七十度的温水浸泡七八个小时，等岩耳完全舒展开以后，用第二次的淘米水浸泡，开始轻轻揉搓，吸足淘米水，再反复搓洗，洗净其黑水、细沙、灰尘等，再用冷水浸泡五六次，等水清澈透亮为止，滤干水分，再撕成小片放锅里，加冷水、盐、绍酒、葱、姜，在中火上烧开后捞出盛入碗内，煮岩耳的水和葱、姜不用；鸡放入锅内，加水烧开后捞出晾凉。准备砂锅，将鸡、火腿骨和剩余的葱、姜、绍酒一起放入砂锅，加水淹没，用旺火烧开，再换小火细炖，至鸡肉八成烂时，捞出火腿骨，拣去葱、姜，另将岩耳倒入砂锅，加精盐炖至酥烂即可，汤鲜味醇，岩耳清香，鸡肉酥烂滋润，无普通炖鸡的柴感。

　　张家界人还用相似的方法做岩耳炖鸽肉，原料为鸽肉、岩耳、山药、大葱、姜、盐、冰糖、黄酒、鸡油等，黄山药削去外皮，切成薄片，放在开水锅里烫一下捞起，用水洗净，岩耳浸发洗净；鸽子浸入冷水中溺死，放六十度的热水中烫后煺毛，洗净，在腹部开小口抠出内脏，用水洗净，放入开水锅中氽后捞出，用水冲洗一次，鸽子放汽锅中加入葱、姜、山药片、岩耳、鸡清汤、绍酒、盐、冰糖等原料，盖上锅盖，上笼用旺火蒸一个半小时取出，淋上熟鸡油即可，汤色清白，鸽肉酥烂，山药鲜香，入笼蒸制，原味不失。

　　在张家界人手里，岩耳还可以做很多的菜肴，可以炖排骨、炖猪蹄，做法与炖鸡一样，味道上乘。其他菜肴有岩耳糯米粥、岩耳焖豆腐、岩耳煮鸡蛋、岩耳肉馅汤等。

　　岩耳一般人群均可食用，其营养与药用极高，有滋阴补阳、清热去火、消炎防馊、降脂降压的作用，尤适宜肺热咳嗽、肺燥干咳、胃肠有热、便秘下血、头晕耳鸣、月经不调、冠心病、高血压等疾病，食疗效果良好，对身体虚弱、病后体弱的滋补效果最佳，胃寒脾虚泄泻者慎食。

葛根粑

每次到张家界出差、旅游,当地朋友都会用一道美食招待我,那就是葛根粑,看上去有些像蕨粑,只是它的透明度要清晰些,看上去是半透明体,甚至白色,用来炒腊肉十分有味,绵软可口,我常吃不厌,吃了还想吃。

葛生长在山坡草丛中或路旁及较阴湿的地方,以疏松肥沃、排水良好的壤土或砂壤土为好。葛根为豆科植物野葛的根,从泥土里挖出来之后清洗干净,榨碎冲洗过滤沉淀为葛粉,就可以制作葛根粑。张家界把葛粉当做特产来生产、推广,诞生了许多专业挖葛人,他们在秋季农闲时就开始挖葛生活,男人在山野里挖葛,女人在家里打碎葛根,生产葛粉,每家每户有一条生产线。葛外皮淡棕色,有纵皱纹,

——葛根为豆科植物野葛的根,从泥土里挖出来之后清洗干净,榨碎冲洗过滤沉淀为葛粉,就可以制作葛根粑。

粗糙；切面黄白色，纹理不明显，质韧，纤维性强，气微，味微甜。

葛根是南方省区的常食蔬菜，其味甘凉可口，常用于煲汤；还有葛粉类膳食——桂花葛粉羹、葛根粉粥、葛粉饭、葛粉等及葛根、葛粉类药膳——党参葛根蒸鳗鱼、山药葛根粥、葛根粉粥、葛根山楂炖牛肉等，备受食客喜爱。

湘西土司的女儿与汉族小伙子相爱，双方父母坚决反对，两人相约遁入深山老林。入山不久，小伙子身染重病，神志不清，面色赤红，疙瘩遍身，姑娘急得失声痛哭，惊动附近修道的道士。道士给小伙子服用一种草根，旬余即愈。后来两人知道草根叫葛根，遂长期服食，身轻体健、皮肤细腻、容颜不老，活过百岁，传为美谈。

张家界是个神奇美丽的地方，其核心景区武陵源区不仅风光雄美，还盛产许多奇珍异宝，如龙虾花、岩耳、野生莓茶、野生葛根粉等。

深秋的农闲时候，山民开始上山挖野葛，他们带上锄头和柴刀，在寒风刺骨的早晨进山，山泉水从脚下流过，叮咚的水声听起来很惬意。挖葛要到深山老林，很多时候山民要攀爬悬崖峭壁，用锄头钩着悬崖边的树木爬上去，爬到半山腰，开始在陡峭的山坡寻找葛藤。经过多年的挖葛运动，比较开阔的地方基本都被挖过，要过几年才能再来挖。发现野葛藤，顺根刨几锄头，如果发现还没长成，就得放弃。据有经验的挖葛人说，要穿过灌木丛才能找到大家伙，他们刨四五分钟，葛根就现形。那松软的泥土夹杂着劳作的气息，用手刨掉一些松土，探探葛根长的深浅，挖葛人手脚麻利，锄头舞动得相当快，既狠又准，一锄深过一锄，把周围清理干净，野葛露出冰山一角，有时葛根长在泥土下的硕大部分远超乎我们的想象。看到硕大的葛根，挖葛人越挖越兴奋，埋头苦干半小时甚至一个小时，粗壮的葛根出土了，一米多长的老葛，有十多二十年的年龄，用柴刀劈开一点葛皮，判断葛根的水分。据说，有时候可以挖到葛王，一根葛根有上百斤，最大的葛根有两百多斤。挖葛人把刚挖出的葛根放到一边，又钻到另外一个灌木丛，寻找新的葛藤。一天的收获，有时能挖几根，有时土壤松软，可以挖十几根，太阳下山，把挖出来的葛根集中到一起，挖葛人露出满足的笑容。那粗大的葛根，放在我们面前，你或许只把它当树根罢了。我用柴刀削一截葛根，用山泉洗净就开吃，味道凉凉的，先苦后甜。

挖葛人为了多产葛粉，主要寻找粉葛，粉葛有几类，第一类像山芋，又粗又短，大肚子粗大，长度一米以下，极小的根都有肚子，富含淀粉，味道苦，颜色发灰；第二类葛根细长细长，长达数米，肚子不明显，有多个分支，含粉量少，肚子里富含淀粉，味道苦，颜色略黄；第三类葛根细长，有纺锤形肚子，长一到两米，多分支，极小的根即使没有肚子都含丰富的淀粉，根颜色发紫，味道微苦，可以蒸煮食用。有的时候找不到粉葛，柴葛也得挖。柴葛含淀粉量少，藤蔓粗到十厘米，根细长，没有肚子或者根末梢略微有点肚子，含淀粉少，纤维多，地上部分或地下部分拿刀难以砍断。一类是地下茎粗长圆柱状，长达数米，少肚子，颜色发黄，只有髓心里含有淀粉，其他部分较少，很难砍断；一类地下茎较长，较脆，颜色发紫，根部末梢含粉率渐渐增多，根部前端极少淀粉，年限愈长含粉越多，小根无粉，味道极苦无法食用。

新鲜葛根挖回家后要洗刷干净，留下那些含粉量低的细根切成片晒干，用于做葛根茶，泡水当茶饮，可以治疗三高（高血压、高血脂、高血糖）。将含粉量高的葛根在石头上捶扁，反复打碎，直到葛浆渗出，放入水中清洗，将汁水用筛浆法筛入缸里，葛根要反复捶打三次，打成齑粉。加入明矾，能分离泥沙，加速葛粉沉淀。次日，将缸里的水倒出，剩下的是沉淀后的淀粉，反复用清水漂洗三次，汁水开始呈乳白色，完全过滤沉淀后做成葛饼，先风干一部分水分，再用纱布或者纸包裹悬挂风干，最后放在太阳下晒干，才是上好的葛粉，葛粉口感和藕粉类似，润肠通便。剩下的葛渣晒干可以引火，做柴火使用。老年人说，葛渣还可以纳鞋底。

葛根粑是将葛粉用冷水搅拌均匀成稀糊状，锅内油热至六成，把葛粉稀糊倒入锅内，摊成一张薄饼，用锅铲荡平中间部分，成半厘米厚，缓慢转动锅子，慢火煎黄，再翻面煎另外一面，继续煎，直到变黄，把饼切成腊肉大小。腊肉洗净切片，开水煮过，同葛根粑同炒，加干红辣椒，再加酱油、盐、味精等出锅。葛根粑光泽油亮，半透明，带白色，表面脆香，咬破脆皮，柔软香糯，回味甘甜；腊肉不再油腻，清爽可口，熏香渐轻，悠然回味。

野葛根含有丰富的淀粉、异黄酮类物质，又有钙、硒、铁、铜、磷、钾等十多种人体所必需的微量元素，对妇女产后的多种疾病有抑制作用，具有丰胸、美容的功效，黄酮有防癌抗癌和雌激素样作用，促进女性丰胸、养颜，对中年妇女和绝经期妇女养颜保健作用明显。葛根的药用价值极高，素有亚洲人参的美誉，是改变女性第二青春的神奇之草；葛粉称为长寿粉，在日本被誉为皇室特供食品。常食葛粉能调节人体机能，增强体质，提高机体抗病能力，抗衰延年，永葆青春活力。

古代文人墨客对葛特别推崇，陶潜《杂诗八首》其八："代耕本非望，所业在田桑。躬亲未曾替，寒馁常糟糠。岂期过满腹，但愿饱粳粮。御冬足大布，粗絺已应阳。正尔不能得，哀哉亦可伤！人皆尽获宜，拙生失其方。理也可奈何！且为陶一觞。"李白《黄葛篇》："黄葛生洛溪，黄花自绵幂。青烟蔓长条，缭绕几百尺。闺人费素手，采缉作絺绤。缝为绝国衣，远寄日南客。苍梧大火落，暑服莫轻掷。此物虽过时，是妾手中迹。"对葛有极高的赞誉。

葛根能降血压、抗癌、提高肝细胞的再生能力、益智、升举阳气、解肌发表、降糖降脂。葛根中的微量元素硒、锰、锗等的含量也相当可观，具有发表解肌，透发麻疹，解热生津，升阳止泻的功效。用于外感发热头痛、项强、口渴、麻疹不透、泄泻、高血压等症。

葛粉老少皆宜，特别适用于高血压、高血脂、高血糖及偏头痛等心脑血管病患者，更年期妇女、易上火人群、长期饮酒者、中老年人等；能预防肝炎，提高肝脏解毒功能，修复肝损细胞；预防黑斑、青春痘、肝斑；改善微循环，促进尿酸结晶溶解，提高肾血流量，促进多排尿酸。

南县麻辣肉

南县地处长江中下游，湘鄂边陲，洞庭湖区腹地，为洞庭湖新淤之地。地势自西向东南微倾，除明山、寄山两处山岗外，一马平川，属于典型的平原地形。北与石首、公安、松滋相连，西接安乡、汉寿，东临华容，南与沅江隔河相望，东南与大通湖、北洲子、金盆、南湾湖、千山红等农场、渔场连成一片。

南县属亚热带过渡到季风湿润气候类型，冬暖夏凉，四季分明，雨水充沛，日照时长，有霜期短。生活在南洲上的居民，一直有养猪、牛、鸡、鸭、狗、猫、鱼的习俗。20世纪80年代前，南县地区的猪由一家一户饲养，它们的饲料为一瓢潲水一把糠加点菜叶，一家养一至三条猪。一九八九年，南县开始使用饲料养猪，有养十

南县麻辣肉

——南县麻辣肉由当地土猪肉的精肉精制而成，麻不是花椒的麻味，而是芝麻油的麻。而常德麻辣肉以豆制品为原料再加以麻辣口感调味品调制而成。

条以上的养殖大户。一九九五年，南县开始专业化养猪。二〇〇〇年，一家一户的养猪已经绝迹，多为专业户和专业养殖场养殖。在南洲上，这里的牛有滨湖水牛和黄牛两种。一九八六年有一万一千条，其中滨湖水牛有八千条。

南洲的大通湖、北洲子、金盆、南湾湖、千山红等渔场和农场，也是天然的牧场。特别是专业养殖场和专业养殖户，更好地利用了天然牧场的条件，猪牛在享受熟饲料的同时还可以享受牧场的青饲料，也可以让湖区的土猪和土牛有适当的运动空间，生产的肉型肥瘦兼顾，风味就与其他不同。

南洲的淤积性土壤很适宜辣椒的栽培和生长。南洲有大辣椒和尖辣椒等品种。大辣椒主产在乌咀、明山头和中鱼口等乡镇；尖辣椒盛产于牧鹿湖乡。南县的辣椒味纯、色鲜、存放期长，尤其是大辣椒果大呈牛角形，较扁平，青熟时浅绿色，老熟时鲜红色，肉心甚厚，微辣稍甜、味鲜；尖辣椒多晒干储存用作调味品，深受消费者喜爱。

麻辣肉是南县一道美味可口的小吃，有一百多年的历史。据定居长沙多年的"蜜糖@玫瑰"说，在民国晚期和新中国成立初期，南县的绝大多数人还没有解决温饱问题，每逢丰收的年月和春节过年的期间，油脂多价格便宜的肥肉成了农民的抢手货。瘦猪肉因为价格贵，普通老百姓无人问津，销路一直成问题。

麻辣肉的原型是路边小吃摊上麻辣口味的肥瘦兼有的猪肉干，因为这些路边摊主要是做劳苦大众的生意，需要有堆货让顾客感觉便宜和满意。摊主经过多年的锻炼，练就了一手好刀工，可以把猪瘦肉切成很薄的片，那肉片又大又薄。两三指宽的瘦肉片约两寸长，薄如纸片，煮熟之后再过熟油炸两三分钟，瘦肉的质地变硬，加上南洲的辣椒和芝麻油，看上去鲜艳红火，香味迷人，确实招人喜爱。二三两麻辣肉，就有很大一堆，成为这些劳苦大众下酒的美味，也成为当地孩子的解馋之物。

路边小摊的麻辣味肉干被乡间的厨师和屠夫发现后，他们觉得路边小吃摊的麻辣口味猪肉味道不错，原料是瘦猪肉。这为当地屠夫解决了一大销售难题，他杀猪卖不出去的瘦肉可以作为麻辣肉的原料使用，就不愁卖不出去了，也为厨师解决了一个苦闷的事情。南洲在洞庭湖腹地，他们常年都做鱼虾等食材，自己想喝点小酒，做下酒菜都很难做出几个满意的肉菜，现在这个麻辣肉干正好可以用来下酒，只要深加工就行。厨师和屠夫的思想走到一起，就开始研究起这个麻辣肉干的难题。

他们经过潜心研究和实验，在路边小吃摊的基础上加以改良，配制成风味独特的麻辣肉。那肉口感柔韧、芳香可口、肉味独特，不愧是厨师和屠夫的结晶。只是麻辣肉的制作比较复杂，煮肉的时候要加入盐、糖、味素、料酒、红曲、香粉等二十一种调料，经过选料、腌制、码味、蒸煮、切片、烤制等八道工序才能制作而成。这种麻辣肉片外观看上去红亮有光泽，片大而薄，干爽有嚼头。

厨师和屠夫研制的麻辣肉开始在农村、小镇的家庭中传播，受到食客的极大欢迎。这种麻辣肉的独特制作方式传到南县县城，很快就在县城打开销路，成为县城男女老少喜欢的下饭菜、下酒菜和休闲食品，在县城大受追捧。

麻辣肉经过几十年的流传和改良，在20世纪80年代，有些有胆识的人开始投资，用企业的形式生产麻辣肉，并出现无菌包装，这种包装的麻辣肉在农村学校周边的小吃店流行。随着包装技术的提高和对当地特产的挖掘，生产商把一定数量的无菌包装的小包麻辣肉装在一个纸箱里，做成礼品盒，成为走亲访友、看望病人、孝敬长辈的佳品。

新型的麻辣肉属于高蛋白、低脂肪、即食型健康食品，是人们在休闲、工作、夜宵、朋友聚会时的不二的零食选择，需求量渐渐增加。食客也希望吃到用其他食材做的麻辣味零食，南县麻辣肉逐渐发展成系列，有麻辣肉、麻辣鱼、麻辣五香牛肉干、麻辣素食、麻辣牛肉条、麻辣猪肉条等产品。

南县麻辣肉走出了南县，发展到周边的沅江，进入了益阳市。曾经有人在长沙太平街开了南县麻辣肉专卖店，因得到湖南笑星大兵的称赞，迅速在长沙街头火爆起来，吸引了无数食客。但还是有人容易把南县的麻辣肉与常德北堤麻辣肉混为一谈。其实南县麻辣肉由当地土猪肉的精肉精制而成，麻不是花椒的麻味，而是芝麻油的麻。而常德麻辣肉以豆制品为原料再加以麻辣口感调味品调制而成。

南县麻辣肉逐渐为一些专家学者所关注，湖南农业大学的文立新教授带领的团队对在大通湖周边养猪很感兴趣，在那里搞了一个五万亩的天然牧场，用科学养殖，专为麻辣肉提供瘦肉型食材。

荆州鱼糕

荆州是江汉平原上的鱼米之乡,他们的饮食习俗以鱼为贵,有"无鱼不成席"、"无鱼不成礼仪"的说法。在他们的酒席、宴会上,用鱼做的菜肴越多越显得客人尊贵、越多越被人重视。荆州人食鱼的历史悠久,有文献记载,汉代荆州已有饭稻羹鱼。在古代人的生活里,红米煮白鱼是他们最惬意、最理想的生活标准。现在,荆州人因鱼设菜、因鱼下料,鱼在他们的手中神奇地变化成各种美味佳肴。他们做出来的一道道名美、色美、味美的鱼肴,使我们美不胜收。

在荆州,与鱼有关的小吃很多。通常,荆州人办红白喜事,喜欢拿出龙凤配、鱼糕丸子、皮条鳝鱼、冬瓜鳖裙羹、八宝饭、九黄饼、纸面锅块、粽子八大名肴,供亲

荆州鱼糕是道传统名菜,荆州人又叫它花糕。传说,舜帝携女英、娥皇二妃南巡,经过荆州,因为路途劳累,娥皇染疾喉咙肿痛,唯欲吃鱼而厌其刺。善良的女英结合当地渔民的习惯,融入自己的厨艺,用当地的鱼、肉、莲子粉等食材制成美味无刺的鱼糕。

戚朋友们品尝。其中最有名气的小吃是荆州三宝，即鱼糕丸子、千张扣肉、八宝饭。

在荆州地区，上了年纪的人都会做鱼糕。荆州鱼糕已经超越了单纯的饮食习惯，它经过几千年的时间积淀，成为一种独具特色的地方民俗文化，是荆州人民的一种精神寄托和春节食俗。鱼糕是荆州地区特有的风味美食之一，以吃鱼不见鱼、鱼含肉味、肉有鱼香、清香滑嫩、入口即溶等特色被人称道。

每年入冬，荆州地区家家户户、村村寨寨都忙开了，他们忙着做鱼糕。特别是进入了腊月，在外打工的人群回来之后，一家人齐动手，剁馅的剁馅，生火的生火，抬锅的抬锅，都忙着一起做鱼糕。形成一派春节特有的景象，成了农村过年一道不可缺少的风景线。

荆州鱼糕是道传统名菜，荆州人又叫它花糕。传说，舜帝携女英、娥皇二妃南巡，经过荆州，因为路途劳累，娥皇染疾喉咙肿痛，唯欲吃鱼而厌其刺。善良的女英结合当地渔民的习惯，融入自己的厨艺，用当地的鱼、肉、莲子粉等食材制成美味无刺的鱼糕。娥皇吃后，病情迅速好转，体力大增。舜帝闻之，对女英制作的鱼糕大加赞赏，叫它湘妃糕。

战国时期，鱼糕列为楚国宫廷的头道菜，也叫头子菜。

北宋政和二年（1112），荆州鱼糕成为当时举行头鱼宴的名菜之一。南宋末年，荆州各县广为流传，权贵宴请宾客，都把鱼糕作为宴席主菜。直到清朝，仍是一道宫廷菜。乾隆尝过荆州鱼糕之后，脱口而咏："食鱼不见鱼，可人百合糕。"清代，荆州地区凡是达官贵人和有钱者婚丧嫁娶、喜庆宴会都须烹制鱼糕以宴宾客。

后来，荆州鱼糕在用料和制作上不断改进，越做越精美，他们取肥大的鲜鱼去刺、漂洗，加适量的猪板油或肥膘肉剁成肉泥，加蛋清和生粉及生姜等调料搅拌均匀入笼蒸熟即可食用，俗称鱼糕坯。为了增加鱼糕的多层味道，荆州人除了用鱼和肥膘肉做成鱼糕之外，还用猪肉和山药等制成肉丸，配猪肚、猪腰、木耳、黄花菜等装碗。酒宴上的鱼糕有传统的装碗模式，肉丸垫底，鱼糕斜铺上面，炒好的猪肚片、猪腰片盖帽，即盖帽鱼糕。这种多菜共碗的酒席鱼糕，荆州的方言叫花氽氽，是红白喜事宴席上的头道菜，荆州人俗称花糕或杂烩丸子。

荆州民间制作鱼糕讲究选材，各种食材搭配适当，制作技艺精巧，菜肴色、香、味、形俱全，营养丰富，老少咸宜。

鱼糕最原始的材料是鲩鱼和肥膘肉，鲩鱼是荆州人的叫法，即我们常说的青鱼。调料有盐、姜水、葱白末、味精、绿豆淀粉、土鸡蛋、胡椒粉等。将鲩鱼摔死或宰杀，从尾部入刀，由背部剖开，清理完内脏和鳃帮，洗净血污，剔去脊骨可做鱼排，挑掉胸刺。再从尾部下刀剥离鱼皮，揭起撕到头部。从两边鱼肉上片取白色鱼肉，用刀排剁成蓉；猪肥膘肉切丁。将鱼蓉放入盆内，取鸡蛋清用筷子打散加入鱼蓉中搅拌均匀，分数次加入姜水，顺着一个方向搅拌成粥状，加葱白末、淀粉继续搅拌，再放味精和盐。准备好蒸笼，清洗干净铺上湿纱布，倒入鱼蓉糊，用刀抹平，盖上笼盖，用旺火沸水蒸四十分钟，中间不揭盖。揭开笼盖，用干净纱布揾干鱼糕坯表面水汽，将鸡蛋黄均匀地抹在鱼糕表面，再盖上笼盖，让鱼糕坯烫熟鸡蛋黄。等鱼糕坯冷却后，翻倒在案板上，用刀顺长条改切成小鱼糕坯，大小如豆腐，也叫鱼糕豆腐，再加工成各式各样的鱼糕菜肴。

制作鱼糕需要特别注意，加工鱼糕最好选用背肌发达、肉质厚实、细嫩洁白、刺少个大的青鱼、草鱼、衍鱼，宰杀鱼后要洗净血污，否则鱼糕的颜色不够洁白。如是死鱼，最好将鱼肉剔下后用清水多漂洗几次，直到鱼肉洁白为止。猪肥膘选背部肥肉最好。鸡蛋最好选用新鲜的土鸡蛋。淀粉要洁白、有光泽、无颗粒、无杂质的绿豆淀粉或玉米淀粉。剔鱼肉时要把鱼肉上红色鱼肉（鱼红）剔干净，鱼红留作他用。鱼肉加工成蓉要用肉皮垫在砧板上，再进行排剁，以免有木屑混入。搅拌时要顺一个方向旋转，加入姜水时不能一次加入太多，以免伤水。一定要水加足后，才能加入盐搅拌至鱼蓉黏稠、有劲、有光泽，用手挤一个鱼丸放入清水中能浮起时，可以停止搅拌。再加入肥肉搅拌，冬季肥肉可适量增加，夏季则减少肥肉的量。蒸制时一定要旺火沸水蒸，前半个小时中途不能揭开笼盖，以免鱼糕坯蒸不熟蒸不透。冷后改刀，刀切面有蜂窝状的孔，手按鱼糕坯胚有弹性，质地不软不硬，这才是蒸熟的鱼糕坯。

  鱼糕的制作过程颇为复杂，一般适宜批量生产。制作好的鱼糕可以存放一段时间，需放到冰箱里保鲜，但冷藏后的鱼糕没有刚蒸出来时的那种鲜味。其他季节，只有红白喜事时鱼糕需求量大的情况下，人们才会制作鱼糕。家庭制作鱼糕，主要集中在春节期间，农家蒸上一蒸笼，自然放置在室内，三五十天不变味，食用时重新加热即可。酒席上，鱼糕切好装盘后，放到蒸笼中蒸热蒸透直接端上宴席。

  鱼糕坯作为菜肴，还需要改刀。把鱼糕坯切成五六毫米厚的薄片，每片长约十五厘米，宽约十厘米。看上去像半透明的黄龙玉，晶莹剔透，甚是诱人。切好的鱼糕片一块摞一块地放在盘子里，像刚割开的璞玉，来不及雕琢和打磨，一片一片地挨着，把它的横切面展示给人看。从外面看去，鱼糕犹抱琵琶半遮面，那洁白的部分被其他的伙伴遮住，只露出抹有金黄的脸，那是鸡蛋黄。

  鱼糕端上餐桌，还冒着腾腾的热气，幽幽的香气一阵接一阵地漫过来，直到把食客紧紧吸住。品味鱼糕最妙的过程是把鱼糕放在嘴里的那一瞬间，不用咀嚼，只要舌头在口腔里搅动几下，鱼糕就在口腔中旋转、溜动，摩擦着上下腭，激发甜津津的唾液涌出来，唾液里混合着鱼肉的清香，从鼻孔里窜出。

荆州人吃鱼糕很讲究，特别注意场合和菜肴。他们评价上等鱼糕的标准是筷子夹着鱼糕两头颤动不断裂，吃起来滑爽不油腻。吃鱼糕要用四方的八仙桌，一桌只坐八个人，一份鱼糕只有十六片，通常分成四堆，每堆代表四方八仙桌的一方，即一条凳子，每堆四片，每人两片。在宴席上，每人最多只能吃两片，这是约定俗成，谁吃了三片，就要遭到他人的指责和全桌人的藐视，认为他是没有家教的。

荆州人吃鱼糕的方式还有清蒸浇盖、下火锅、做汤、下面等数种。清蒸浇盖是用猪肚片、猪腰花、瘦肉、红青椒丝、蒜苗片、黄花菜等食材爆炒，加淀粉打芡，作成鱼糕的芡料填入鱼糕堆的中央空地。制作的时候，厨师一边蒸鱼糕，一边用锅爆炒木耳肉丝、芹菜肉丝等，蒸好的鱼糕一端出来，这边的菜也正好炒好了，勾好芡后浇盖到清蒸鱼糕上，端上宴席时还热气腾腾，香气四溢。鱼糕下火锅的吃法冬天在荆州地区比较普遍，把冷却的鱼糕坯切成薄皮，下到滚开的火锅里。荆州人讲究吃一滚当三鲜的食物，他们认为滚烫的火锅里下鱼糕，那是世上最鲜美的吃法。鱼糕做汤，一般是三鲜汤，用切小的鱼糕、木耳、鱼丸或肉丸等，放入烧好的汤里面，放点醋，对醉酒的人很有好处。鱼糕下面是用鱼糕汤直接拌煮好的清水面即可。

我到荆州和沙市，在多个地方吃到鱼糕，虽然吃法不一，但是我却控制不了只吃两片的标准，还是尽情地吃，吃到我饱为止。

潜江油焖大虾

我到潜江旅游,才到酒店大堂,潜江的朋友就给我唱了一首歌谣:"牵起你的小手,搂着你的小蛮腰,掀起你的红盖头,轻轻地吻一口,吸干你的金黄脑,解开你的红肚兜,脱下你的红裤头,举起你的白胖个,轻轻地送进嘴巴里,让你一次爽个够。"我初到潜江,听到这首曲子以为是江汉平原上一首流行的俚语小调,等郭啸文兄带我到潜江龙虾街"老字号虾城"吃潜江油焖大虾时他才告诉我,那首歌谣是潜江人吃龙虾时唱的顺口溜,也是大人教小孩、本地人告诉外地客吃油焖虾的方式方法。

潜江龙虾学名克氏原螯虾,俗称小龙虾,原产北美洲,一九二八年从日本传入苏北,一九八八年沿长江进入潜江。潜江民谚云:"三月螺蛳四月蚌。"意思是三四

——五七油焖大虾最早由五七厂小李子大排档老板李代云(军)以油焖杜家鸡的方式尝试性制作整只小龙虾。在烹饪小龙虾的时候要放少许白糖,加适量的啤酒焖煮,经过多次改进遂为今天的油焖虾,后来精选大号的小龙虾制作油焖虾,称为油焖大虾。

乡愁里的
旧食光

月为潜江盛产螺蛳、蚌的时节，这些软体动物是小龙虾的主要食物。二〇〇〇年春，积玉口镇宝湾村农民刘主权、褚红云利用废弃耕田进行养虾试验，探索虾稻连作种养模式。试验证明稻田养虾能提高低洼冬闲田利用率，恢复地力，保证龙虾的绿色生态品质，亩产达三百斤左右，虾尾肥壮、爪粗壳亮、肉质鲜美、营养丰富。

潜江油焖大虾采用潜江养的清水虾为原料，用油焖的烹调方法制作，油焖虾关键在于油焖，每份虾需植物油七八两，焖烧半个小时以上。色泽鲜艳红润耐看，味道香辣鲜美回甘，多在大排档和露天广场的夜市出现。

潜江正宗的油焖大虾为五七油焖大虾，最先出自江汉油田五七厂一个叫小李子的大排档，五月至十月生意异常火爆，全为油焖虾而来。邹雪峰兄给我介绍了五七的来源：20世纪90年代中后期，江汉油田的人只吃虾球，很少整只虾都吃。五七油焖大虾最早由五七厂小李子大排档老板李代云（军）以油焖杜家鸡的方式尝试性制作整只小龙虾。在烹饪小龙虾的时候要放少许白糖，加适量的啤酒焖煮，经过多次改进遂为今天的油焖虾，后来精选大号的小龙虾制作油焖虾，称为油焖大虾；有人直呼餐馆老板李代云（军）为小李子，食客给他取名小李子油焖大虾。因为小李子油焖大虾生意红火，五七厂一带的家属区所有大排档和小餐馆都学着做油焖大虾，也号称小李子油焖大虾，五七地区的油焖大虾由此盛行。因为晚上到五七吃油焖虾的人多，大多数排档和餐馆都在家属区内，常有扰民事件发生。恰逢20世纪90年代中后期，油田富余人员增多，企业根据生产情况，安排部分富余职工下岗分流。五七社区在原来五七俱乐部周边集中兴建了一条美食街，五七物业处（现在的五七社区）为了方便管理，把原来在家属区经营的一些排档和餐馆一起迁去，集中管理，小李子也在其中，逐渐发展成现在的五七油焖大虾美食城。

潜江当地人见五七油焖大虾盛行,便在潜江市区人口稠密的街市开专做油焖虾的餐馆,主要经营油焖大虾,逐渐发展成为潜江龙虾街。潜江龙虾街长四百多米,有老字号、虾皇、味道工厂、利荣等数十家门店。潜江市有小龙虾餐饮店两千余家,可同时接纳数万人就餐,从事小龙虾野生寄养、加工生产、餐饮、运输、中介的人达六万多。每到吃虾季节,人们便摩肩接踵地前往。在爱虾人眼中潜江龙虾街是潜江小龙虾餐饮的标志,更有食客认为没到潜江龙虾街吃过油焖大虾不算吃过真正的潜江油焖大虾。夏日的夜晚,潜江人喜欢在闹市中品味油焖虾,多在街边赤膊而坐,双手抓虾,挥舞而食,佐以啤酒、卤毛豆、卤花生、烤串等潜江风味小吃,听听江汉平原的小曲俚调或点两首流行的歌曲,美时美味,大家其乐融融。

盛夏季节,潜江龙虾街每到中午和晚饭时间就堵成一锅粥,潜江市政府为了缓减交通压力和改善市容市貌,在潜江高铁站附近兴建了一座潜江生态龙虾城,融文化、餐饮、商业、娱乐、度假等功能,以龙虾美食为载体,"老字号虾城"等在潜江生态龙虾城已开设分店。

我有一次由郭啸文兄安排在"老字号虾城"品味潜江油焖虾,油焖虾分普通油焖虾和特级油焖虾,特级油焖虾就是油焖大虾,个头超大,一个个硕大的龙虾堆叠在不锈钢菜盆里,堆成小山状,看上去鲜红靓丽,稍微带点焦黄。郭啸文兄告诉我,严格按照潜江人吃虾的顺口溜进行,会非常有意思。我伸出右手抓起小龙虾左边的一只螯,提到胸前,小龙虾的虾头须部与眼睛被剪掉,露出一个洞,空空的;伸出左手捏住小龙虾的背脊,小龙虾弯曲着背,可以体验那大个沉甸甸的重量;右手松开螯,右手拇指甲掀起小龙虾的右侧头盖,让虾头持平,否则从虾须、眼睛处煮进去的汤汁就会流出来,烫到自己或者弄脏衣服；稍微晾一会儿，揭掉小龙虾头部的硬壳，剥离右侧的鳃，让虾头靠近嘴边，深深地吸一口，吸掉裸露的虾脑及虾黄，还可以吸到煮进虾壳里的汤汁，味道渗入虾脑，别有一番风味，不亚于麻辣烫蛋黄。特别提醒，别吸小龙虾眼睛上的虾黄，否则满口苦味；小龙虾的虾尾背脊已经剪开一条缝，在制作前抽掉了虾线，只有几片鳞没有剪断，食客可以用右手指甲钳断鳞片，一片一片地剥开鳞片；会剥的食客在剥虾尾的鳞时，鳞片会全部连在一起，剩虾尾一条净虾肉；吃之前，食客要看虾肉的背脊有没有黑色虾线的残余部分，虾线是肠子，如果有，则用指甲轻轻剥开虾肉，挑起虾线，轻轻颤动手指，虾线就抽出来了；把干净的虾肉塞进嘴里，可以美美地嚼上一阵，过过吃虾的瘾，那虾肉富有弹性和韧性，越嚼越甘甜，越嚼越鲜香；虾头里焖虾时的汤汁，色泽鲜艳，汤汁香浓，麻辣鲜香相融恰到好处，虾肉嚼起来层次感更丰富，香辣鲜美，味道更加甜美醇香，口感冲击力强，鲜辣开胃，回味无穷。最后菜盆里剩的少量的油焖虾，稍微有点辣。喜欢虾肉清淡和甘美的食客，就直接吃虾尾的白肉，不要其他调料和菜盆里的汤汁。

郭啸文兄给我介绍，潜江已经被评为中国小龙虾之乡、中国小龙虾美食之乡、中国小龙虾加工出口第一市。潜江人连吃剩的龙虾壳也不浪费，用来生产甲壳素，用于化妆品和保健品中。甲壳素有助于增强人类机体免疫力、抵抗力及抗衰老能力，还可以美容和保健。

沔阳三腊

沔阳属于江汉平原的核心区域，为"湖广熟，天下足"的主要粮食产区的一部分。古代沔阳治所在沙湖，沙湖名声甚大，有沙湖沔阳州之称。沔阳河网交错、湖泊星罗棋布，在元朝开始，沙湖畔就出现了垸田，16世纪以后垸田逐年增多，达到饱和状态，蓄洪区面积减少，只有加高大堤和垸堤来减少水患灾害。沔阳地区的水灾越来越严重、越来越频繁，民间有首民谣云："沙湖沔阳州，十年九不收，若是丰收年，狗子不吃糯米粥。"后来经过清代、民国、新中国成立后多个阶段对湖区地区的改造、建设，大量兴修水利设施，根治水患，洪涝灾害基本消失。新的民谣云："沙湖沔阳州，年年大丰收，家家晒干鱼，户户腌腊肉。"

——沔阳三腊为腊肉、腊鱼、腊鸡，乃沔阳一大特色风味美食，与沔阳三蒸齐名，享誉荆楚，驰名九州。沔阳三腊的制作考究，选料严格，沔阳籍作家李洪源的《沔阳三腊》一文记述比较详细，可以学习。

现在沔阳沙湖一带，粮食产量稳定，食材丰富，家禽有鸡、鸭、鹅等，家畜有猪、牛、羊等，鱼有青鱼、草鱼、鲤鱼、鲫鱼等，为沔阳人冬天制作腊味特产准备了充足的原料，且越来越丰富，样式不断翻新。

沔阳地区粮食产量充裕，水生动植物资源丰富，素称鱼米之乡，适宜于家禽、家畜及渔业的养殖，为养鸡、养鸭、养鹅提供了有利条件。群众素有放养鸡鸭的习惯，长期以来利用剩余粮食、稻田的落谷、湖滩小鱼小虾、螺蚌和麦黄草发展养鸭、养鸡业。沔阳麻鸭为高邮鸭与荆江鸭的杂交后代，耐热抗寒，适应性强，体形较大、生长较快、产蛋较多，是蛋肉兼用型鸭种。

我在沔阳采风的几天里，有一个重大发现：沔阳人一提起藜蒿炒腊肉、腊鸡煨火锅等当地特色美食，就会口中如泉涌，咕噜咕噜咽口水。听人说，沔阳人腌制风干的肉类、鱼类、鸡鸭鹅等，在前面冠上一个"腊"字，使他们的这些食品在腊月里通过腌制、风力吹干盐卤来保存鲜美的食材味道，增加食材的芳香气味，这个腌制的过程具有鲜明的时令性和独特的保存方法，让这些食材打上特殊的地方烙印和季节特色。

沔阳三腊为腊肉、腊鱼、腊鸡，乃沔阳一大特色风味美食，与沔阳三蒸齐名，享誉荆楚，驰名九州。沔阳三腊的制作考究，选料严格，沔阳籍作家李洪源的《沔阳三腊》一文记述比较详细，可以学习。

沔阳腊肉以猪肉、牛肉、羊肉等为主要原料，其他动物类肉也可以制作腊肉，但以猪肉做腊肉最为普遍和寻常。猪肉产量最多，家喻户晓，每位主妇皆会做，每个沔阳人都爱吃。猪肉做腊肉不能太肥，也不能太瘦；牛肉做腊牛肉不能带筋和膜；羊肉做腊羊肉不能带板油，要去掉肥腻的地方和腹腔的板油。

沔阳腊鱼以沙湖等湖泊的鲭鱼、鲩鱼（草鱼）、鲤鱼等为主要原料，据沔阳主妇们的经验，做腊鱼用鲤鱼最佳、鲩鱼次之、鲭鱼再次之。沙湖产的鲭鱼、鲩鱼、鲤鱼，个头都很大，三、五、十斤很常见，十多斤的也普通，这样的大鱼肉质厚实，刺少肉醇，水分较少，在做腊鱼的过程中蚀耗小，味道纯正，腊干的肉可以撕成条，最适合制作腊鱼，彰显沔阳腊鱼的特色。沔阳人做腊鱼的时候，剖鱼只剖鱼背，不剖鱼的肚子，去除内脏，忌用水洗，用湿布将鱼的里外擦净，即可腌制。

沔阳的腊鸡泛指腊鸡、腊鸭、腊鹅等家禽的腊肉，沔阳人以家养的鸡鸭鹅和沙湖等湖区的野鸭等为主要原料来制作腊鸡。家养的鸡多选公鸡做腊鸡，公鸡个大体重，肉多油少，制作腊鸡更划算。腊鸭主要是以沔阳麻鸭为原料，母鸭可以养多年，用来下蛋；大部分的公鸭只养一年，有三四斤重，到年底就宰杀做腊鸭。沙湖有白鹅，有些家庭喜欢在腊月杀白鹅做腊鹅，成为一种特色。鸡、鸭、鹅开膛后不用水清洗，有脏物用湿布擦净，抹盐腌制风干即可。

沔阳人腌制沔阳三腊的时候，严格遵循"略偏咸，切忌淡"的原则。在腌制的调料中，他们辅以胡椒、花椒、五香粉、白酒等佐料，抹在肉的表面和里层，以增加肉的香味。三腊必须在冬至以后再腌制，立春之前必须出卤，挂在通风的地方，用风力吹干肉的水分和盐卤。然而，随着沔阳三腊的名声渐起，沔阳地区的不法商人，为了增加沔阳三腊的产量，在立春之前还在腌制三腊，立春后才出卤，风干之后，这种三腊的味道明显逊色不少，特别是下酒的时候，嚼在嘴里感觉粗糙、有渣，甚至有腐烂味和陈腐味。冬至后腌制、立春前出卤的正宗沔阳三腊，肥而不腻、瘦而不柴、香气扑鼻、滋味浓郁，无论是下饭还是下酒，都别有一番风味。

乡愁里的
旧食光

　　沔阳三腊的保存方法简单，它本身有"拒腐蚀，永不沾"的优良品质。无论把它挂在通风透光的地方，还是黑暗的仓库里，都是可以的，只要不受潮、不沾水，放一两年也不会变质或腐烂。夏天，随便置于阴凉处，苍蝇、蚊虫等不敢接近，它们闻到花椒的味道，自然退却。如果密封在瓷坛子里，沔阳三腊的存放时间会更长。

　　我到沔阳考察饮食，去过沙湖、仙桃等地之后才知道，沔阳人吃他们喜爱的沔阳三腊，有其独到的讲究和方法，他们习惯用木甑隔水来蒸熟沔阳三腊。有的时候，他们为了让味道多样化或者节约盛菜的空间和碗碟，会把腊肉、腊鱼、腊鸡盛在一个碗里或碟里，再放到木甑里蒸。他们在烹饪沔阳三腊的时候，拒绝炕熟和煮熟等烹饪方法，他们认为炕和煮不能保留沔阳三腊实实在在的原汁原味，很容易在烹饪中损耗腊味和芳香气息，容易变得寡淡无味。沔阳人在烹饪腊鱼的时候，喜欢把整条的大腊鱼用手撕成一小块一小块的，忌用菜刀去切和剁成块、条，这样可以保存最原始的风味。腊肉主要用来炒藜蒿、蒜苗等辛香型食材，他们喜欢香上加香的味道，觉得这样搭配好吃。有的人家，还用腊肉来包团子，做成腊肉豆腐团子、腊肉藕圆子，味道别具一格，香气贯通其中，细嫩中有质地，清淡中有芳香味。腊好的腊鸡、腊鸭，沔阳人喜欢用来下火锅吃，腊香浓郁，经久不散，味道和汤色比重庆火锅更上一层楼，其汤特鲜，喝在口里，欲罢不能。再下些湖区的青菜，做打边炉，滑爽柔软，鲜味更浓。

　　我吃了几天的沔阳菜肴，每餐都不离沔阳三腊。吃得我神清气爽，越吃越来精神，甚至有点依恋。

沔阳三蒸

我在读中学的时候，就在一本书中认识了一种菜肴，即湖北沔阳三蒸的蒸菜。长大来到长沙之后，长期能够吃到浏阳的蒸菜，慢慢减轻了我对沔阳三蒸的兴趣。直到近些年，我专业从事地方饮食文化的挖掘和整理，因此对寻找各地的饮食资源兴趣越来越浓郁，有时甚至无法抑制去实地寻觅的冲动。这几年，我常在湖北各地，在几次采风中，我又生出对沔阳三蒸的兴趣和冲动。二〇一四年十月下旬，我终于来到江汉平原上的沔阳沙湖，实地了解沔阳的历史与人文，得到诸多朋友的介绍，因而对当地人文地理、风土人情、历史掌故、风俗民情、饮食习惯、生活起居等进行了全面的了解。

沔阳蒸菜鲜嫩软糯、原汁原味、清淡

——沔阳三蒸即蒸畜禽、蒸水产、蒸蔬菜。蔬菜可以随意选择青菜、苋菜、芋头、豆角、南瓜、萝卜、茼蒿、藕等，颇有荤素搭配、营养均衡的意思。现在的沔阳三蒸是无菜不蒸——没有菜不能蒸的。

绵软，被誉为湖北美食的一颗明珠，在中国名菜系中占有一席之地。沔阳人爱吃蒸菜，有悠久的历史和习惯，现在形成了"无菜不蒸"的食俗，被称为"蒸菜之乡"、"鄂菜奇葩"。沔阳三蒸在端上酒席餐桌时，要使用扣碗，翻碗倒扣装盘、勾芡浇汁，有"三蒸九扣"之说。沔阳三蒸即蒸畜禽、蒸水产、蒸蔬菜。蔬菜可以随意选择青菜、苋菜、芋头、豆角、南瓜、萝卜、茼蒿、藕等，颇有荤素搭配、营养均衡的意思。现在的沔阳三蒸是无菜不蒸——没有菜不能蒸的。在我吃过的沔阳三蒸中清蒸菜最能保证营养不受损失；粉蒸菜裹着捣细的米粉，保持大米的清香，回味深长。据权威人士透露，沔阳三蒸的技法有粉蒸、清蒸、炮蒸、汤蒸、扣蒸、酿蒸、包蒸、封蒸、花样造型蒸、旱蒸等十余种。

我在沙湖吃了蒸南瓜、蒸豆腐圆子、蒸藕圆子、蒸凤尾鱼、蒸鳊鱼、粉蒸肉等沔阳三蒸的菜肴，心中产生了一些疑惑，沔阳三蒸指哪三蒸？在询问了很多当地沔阳三蒸的研究者之后，我才知道最早的沔阳三蒸是指蒸鱼、蒸肉、蒸蔬菜；逐步发展到粉蒸肉、蒸珍珠圆子、蒸白丸子；到现在的蒸青鱼、蒸猪肉、蒸蔬菜。其实今天的沔阳三蒸，这个说法有失偏颇，正确的说法应该是蒸畜禽，蒸水产、蒸蔬菜的总称，三是概数，指多的意思，原料品种繁多，大凡畜禽肉类、水产类、蔬菜类都可以蒸制。著名的蒸菜名肴有蒸珍珠圆子、蒸白丸子、蒸豆腐圆子、清蒸鳊鱼（武昌鱼）、粉蒸孔雀武昌鱼、粉蒸松鼠桂鱼、粉蒸长江鮰鱼、粉蒸鲢鱼、粉蒸青鱼、粉蒸肉、粉蒸排骨、粉蒸茼蒿、太极蒸双蔬、泡蒸鳝鱼等。以粉蒸见长，在使用米粉上十分讲究，大米在热锅上加花椒、八角、桂皮小火焙至微黄，冷却磨成米粉，畜禽肉类选择较粗的米粉；水产类选择较细的米粉；刀工上根据不同原料有的切末、有的切丝、有的切块、有的不切。

沔阳的元末农民起义领袖陈友谅带领红巾军退出江州后，通过长江，进入东荆河，深入沙湖湿地，沙湖湿地十万亩，渺渺茫茫。陈友谅下令开荒种田，重整旗鼓。沙湖与长江相连，因为常年水患，十年九不收，灾荒频繁。陈友谅为了不让军队暴露，隐藏在沙湖中，他本是沔阳渔家子弟，熟悉沙湖的食材，为了度过饥荒，下令就地取材，利用湖区优势，捕鱼捞虾、挖野藕、摸螺蛳、摘野菜、牧鸭，并要夫人张凤道协助红巾军烹饪食物，收集湖区的稗子、野荞等杂谷磨成粉，裹在鱼肉上，混合一起蒸熟，让野菜吸收荤腥的油水，形成饭菜合一的食物。当时的三蒸主要是蒸鳝鱼、蒸野藕、蒸茼蒿（湖区野生），没有鳝鱼，抓小鱼、螺蛳、螃蟹、虾米等都可以替代荤腥，安全度过荒年。当地老百姓学习其方法，蒸的菜肴为荒年三蒸，当时的民谣云："义军将士湖中藏，宁可挨饿不征粮。捕鱼挖藕摘野菜，且把三蒸当军粮。"在以后的战斗中，陈友谅的红巾军一旦获胜，便沿用在沙湖生活的习惯，用上好的鱼、肉、菜等食材按沙湖的蒸制方法，制作成精美的军中食物，庆祝战斗的胜利。因为战争的流动性和机遇性比较大，得到的鱼、肉、菜等食材每次不完全相同，有蒸肉（猪肉、牛肉、马肉、驴肉）、蒸鱼（草鱼、鲤鱼、鲢鱼、鲫鱼及鱼圆子）、蒸菜（藕、红薯、青菜、野菜），用来庆功，或者老百姓来军中祝贺，成为后来的庆功三蒸。陈友谅建立大汉政权之后，没有忘记渔家子弟本色，怀念家乡食物，将沙湖地区的饮食习惯带进了宫廷，虽然原料、配料、器皿、烹饪技巧等都有所讲究和提升，却还是喜欢他的老三样，即粉蒸肉、粉蒸鲢鱼、蒸茼蒿，慢慢成为宫廷三蒸。后来，民间唱词还演变出了《友谅夫人做三蒸》。

  沔阳民间蒸菜多用杉木甑，既可蒸饭又可饭菜合蒸，锅底用柴火灶，蒸出来的蒸菜吃起来最香。传到酒店，以小蒸笼上席。传统蒸笼直径十七厘米左右，小巧精致，俗称垛笼。在沔阳的大小城镇，无论大街小巷的饭馆都有一口大蒸锅，上扣有三个小圆孔的大木盆，每个蒸汽小圆孔上有多层小蒸笼，俗称镏子蒸。蒸汽腾腾，香飘满街。镏子上可以放一层一层的垛笼，竹笼直径有四寸和六寸两种，垛笼多达十多层，有一米左右高，那情形极其壮观。镏子单盆单孔，火力大、蒸汽足，原料即蒸即取。随着改革开放到来，饭店生意不断好转，又增加了单盆双孔和单盆多孔的木盆，蒸出来的菜肴品种繁多、荤素搭配、价格适中，食客可随意挑选、方便快捷。

沔阳三蒸所蒸的珍馐集猛火之功、聚秀水之气，以滚烫夺人、调和清淡为主，立意中和，于水火里得中庸，进可攻退可守，火候周到，所蒸之物无论硬软，具能绵软，舒坦口齿。滚能激血脉，淡能调六味，烂能见本色，即沔阳三蒸的精髓。最为著名的是粉蒸肉、蒸白圆子、蒸珍珠丸子，滋味鲜美，香烂适口，肉嫩溶润，油而不腻。我特别喜欢蒸白圆子和蒸珍珠丸子。珍珠丸子用肥瘦均匀的猪肉和鱼肉作主料，剁成蓉拌上鸡蛋清，配胡椒粉、姜末等六七种作料，与湿淀粉调匀，用手挤成直径五分钱硬币大小的肉丸，放入筛内滚上黏糯米后装进小笼屉，在沸水锅上用旺火蒸熟。丸子色泽晶莹洁白，米粒竖起似珍珠，肉丸软糯松泡，味道鲜美。蒸白圆子以猪后腿瘦肉和鱼作主料，注重火功，色泽乳黄，圆子软嫩，油润松软。

清代、民国时期，武汉三镇有不少餐馆挂着沔阳三蒸馆的招牌，还有一首民谣云："蒸菜大王，独数沔阳，如若不信，请来一尝"，广为传诵，食客如云。特别是汉口码头，沔阳三蒸为码头工人所喜爱，也为九省通衢的能人和船客提供了美食记忆。沔阳三蒸发展到北京，虎跑坊有家餐馆悬挂湖北三蒸馆的招牌，张学良途经虎跑坊，不知湖北三蒸为何物，便进馆品尝，大饱口福，题联云："一尝有味三拍手，十里闻香九回头。"

经过历代沔阳厨师的不断挖掘整理，沔阳三蒸在传统烹饪技法的基础上有了更新更快的发展。近些年来，沔阳三蒸开发了清蒸、扣蒸、旱蒸等菜肴品种，技术上不断改革创新，烹调工艺逐步规范化，特别注重菜品研究。沔阳三蒸制作越来越精细，越来越高档，一道道色、香、味、形俱佳的粉蒸龙舟鱼、粉蒸凤凰鱼、粉蒸松鼠桂鱼等脱颖而出，进入全国各地大小餐馆，其传统做法逐渐消失，除了仙桃及周边地区的农家还保留外，难觅其踪。

沔阳三蒸从元朝末年流传至今，历经多个朝代演变，受八方食客的青睐，融汇沔阳人民的勤劳和智慧，烹饪技法暗合中华美食的"稀、滚、淡、烂"原则，稀是指粉蒸素菜要以好汤和匀，稠稀适中，不可过干；滚是指温度要求，一滚三鲜；烂是指成菜后的质感要求；淡是指粉蒸菜为满口菜，口味宜淡不可咸。因独特的地方食材无可替代，沔阳三蒸成为了一个饮食品牌，从乡土发展到城市，它的生命力和渗透力既强大又久远。

沙湖盐蛋

沙湖盐蛋产于湖北省仙桃市东南部"鄂中宝地、江汉明珠"的沙湖镇境内的沙湖湿地。

沙湖镇是江汉平原上一个古老的历史文化名镇，地处东南边沿，东与武汉银莲湖接壤，西和杨林尾毗邻，南靠东荆河与洪湖接近，北临彭场与西流河隔河相望。隋唐时代即建镇，明初为沔阳州三大镇之一，设有沙湖驿，素有"沙湖沔阳州"之称。

沙湖本为大湖，古云梦泽一部分，明代始称玉沙湖。明清时代，沙湖镇设置巡检司衙门。上通仙桃，下抵武汉，水陆交通得天独厚。现有三十六个村，水域十五万余亩。湖泊星罗棋布，沟渠纵横交错，水土肥沃，物产丰富。

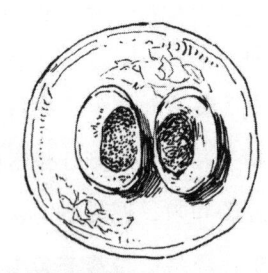

沙湖盐蛋用黄土加盐包裹鸭蛋，腌制一个月，外壳略呈天蓝色。煮熟后，外壳呈淡青色。煮熟去壳，蛋白晶莹如玉，蛋黄裹在透明的蛋油中，呈鲜艳灿烂的橘红色，用刀切开，断面呈菊花形，中有一个金黄色的云核，形较豌豆稍小，为菊花芯。

荆 · 楚 · 绝 · 味

曾经沙湖不养鸭，元末陈友谅的红巾军战败，他带领军队从长江进入东荆河，隐退在玉沙湖的芦苇帐中。为了与外界通晓信息，陈友谅派出一批精干的将领打扮成商旅到荆江一带贩卖体小、善牧、蛋多的荆江鸭到沙湖一带放牧。明为牧鸭，实为放哨，通报消息，日夜游动、流走，不让当地土人产生疑惑，逐渐形成"一根篙子一只船，一瓢食物一个篮"的独特景观，一根篙子一只船是赶鸭子，一瓢食物是喂鸭子，一个篮是拾鸭蛋。

新中国成立后，以高邮鸭为父本繁殖培育的沙湖麻鸭体形较大、生长较快、适应性强、产蛋较多，体躯呈长方形，背宽胸深，肉色发红，胫和蹼为橘黄色。沙湖麻鸭以蛋大、油多、蛋黄呈橘红色闻名于世。它们长期生长在东荆河外滩，以鱼、虾、蚌、螺和麦黄角草等为饲料。公鸭颈上半部和主翼羽为孔雀绿色，有金色光泽，颈下半部和背腰为棕褐色，臀部黑色，胸腹部和副主翼羽为白色，喙壳青黄，喙豆黑色；母鸭为斑纹细小的条状麻色，有深麻和浅麻两种，以浅麻居多，主翼羽呈青黑色，喙壳铁灰色，喙豆黑色；雏鸭羽色为乌灰色，头顶至颈背部有条深色羽毛带。

沙湖沟壑纵横交错，水草丰盛茂密，鱼虾肥美，螺蛳密布，有十万亩芦苇帐，五万亩池塘。沙湖芦苇一年生两季，春天一季，被夏天的洪水淹没，秋天洪水退后，芦苇重新发芽又长出来，绿油油的像春天。早春，与芦苇同时生长的还有一种水草，当地土名叫麦黄角，为野春荞，即苦荞的母本。茎如荞麦，枝多分丫，草秆粗壮，叶阔宽大，繁殖力旺盛。一亩水面，头年植两三株，次年即布满水面。初春时节，麦子长出地面，麦黄角长芽，正好是鱼虾的产床，鱼虾的卵吸附在麦黄角草上，慢慢地鱼虾卵孵化为小鱼、小虾，它们穿行和栖息在麦黄角草中，吃麦黄角草的鸭子生的鸭蛋蛋黄开始变红。四五

第一辑

月间，麦穗泛黄，麦黄角草开始结籽，这时的红心蛋最多。麦子收割完，麦黄角草枯死，草籽成为鸭子的最佳饲料，蛋黄中结成一滴橘红色的油坨，坚韧如瓷泥，成为云核。初秋，小螺蛳吸附在干枯的麦黄角草中，成为鸭子的食物。一年四季，沙湖麻鸭都可以吃到新鲜的小鱼、小虾、小螺蛳及麦黄角草和草籽。

据史志记载，新中国成立前后，沙湖每年端午节前可产蛋八十万枚左右。20世纪60年代初，围湖造田，天然鸭场变成粮田，盐蛋逐年减少。一九八四年，盐蛋三十万枚。近几年来沙湖盐蛋有所增长，一年有三十万羽麻鸭，产两三千万枚鸭蛋，五十万到八十万枚盐蛋销往全国，誉满港澳。

沙湖盐蛋用黄土加盐包裹鸭蛋，腌制一个月，外壳略呈天蓝色。煮熟后，外壳呈淡青色。煮熟去壳，蛋白晶莹如玉，蛋黄裹在透明的蛋油中，呈鲜艳灿烂的橘红色，用刀切开，断面呈菊花形，中有一个金黄色的云核，形较豌豆稍小，为菊花芯。有首顺口溜："碧玉壳，猪油白，太阳黄，菊花心，落口香，到口甜。"将熟盐蛋切成两瓣，在色彩绚丽的菜盘里摆成各种花状，可构成多种美丽的图案。

我仔细品味沙湖盐蛋，蛋白分为许多薄层，层次清晰，可以用筷子剔动，有着淡淡的咸味，咬在牙齿上非常滑爽。蛋白热吃味道鲜美，齿颊留香，还不停地在口腔里回味，飘荡着淡淡咸香；凉的蛋白有些许韧劲和弹力，绵劲较好。蛋黄由有橘红色晶莹剔透的颗状团粒组成，到舌尖自动散开，能在舌尖弹跳、滚动，每一个颗粒像一支笔画过舌尖，留下淡淡的香味和咸味，极有刺激感。特别是吃云核的时候，豌豆大小的橘红色颗粒，晶莹剔透如珠玉，蛋油包裹，咬时有弹性，韧劲十足，芳香满腔，经久不散。

清代沙湖人士李绂藻，同治六年（1867）中举，同治十年（1871）中进士。历任翰林院侍读、侍讲学士，后升任礼部左侍郎，又兼署工部和刑部左侍郎。最后调任仓场侍郎，做京官三十余年，名震京都，无人不晓。一次，李绂藻回沙湖省亲，精选一千枚沙湖盐蛋献给光绪皇帝和慈禧，光绪品尝后赞不绝口，连声道："好蛋，好蛋，真像一点珠。"从此，沙湖盐蛋别名"一点珠"，名扬海内外。慈禧用象牙筷挑起盐蛋的红心，浸入水中，油花荡漾，甚是好看，再挑起云核入口，芳香扑鼻，醇厚自然，慈禧欢喜异常。沙湖盐蛋除作贡品外，还远销日本、新加坡、马来西亚等地。

第二辑

腊肉

湘　辣　食　光
　○　　○　　○　　○

东山紫姜

临武县地处湖南最南部,南岭山脉东段北麓,是湘南地区置县历史最悠久的县城之一。

现在,临武是湖南的南大门,湖南通往广东沿海的咽喉要地,有"山势遥连郴岭秀,乡音半带广韶言"。农产品特色鲜明,有临武鸭、临武蜜柚、大冲辣椒、东山紫姜、香芋、红心桃、乌梅等叫得响的地方品牌。

我有幸到临武游食,在临武吃过无数美食,也游历了临武的山水,对临武地理有所了解。

我喜爱的美食东山紫姜产于楚江镇的东山村,东山群峰巍峨滴翠,云雾缥缈幽深,天然的绿色环境造就了东山紫姜鲜、辣、爽的独特风味。东山土壤肥沃,具备

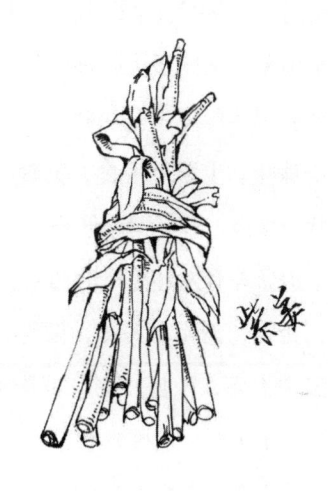

——东山紫姜又叫子姜,即生姜,因尖部发紫而得名,味带辛。可用于烹饪,去腥味膻味。紫姜根茎肥厚,呈块状,肉质细嫩,淡黄色,外被红色鳞片,横走,多分枝,具芳香及辛辣味。

得天独厚的生姜种植条件,生姜种植历史悠久,技术独特。

东山紫姜具有白嫩、香、脆、辣度适中、断口无丝等品质。东山村坚持"公司+基地+农户"的产业化模式经营,不断创新品牌,开发新产品,逐渐形成产业化、区域化的生产格局,产品一直享誉郴州、永州、连州等市县,每年均有大量商贩来此购买生姜。

东山紫姜又叫子姜,即生姜,因尖部发紫而得名,味带辛。可用于烹饪,去腥味膻味。紫姜根茎肥厚,呈块状,肉质细嫩,淡黄色,外被红色鳞片,横走,多分枝,具芳香及辛辣味。生姜可生食、腌食、酱渍、干姜和糖姜加工,我喜欢腌制的东山紫姜,用腌制紫姜炒肉、炒仔鸭、仔鸡。

东山紫姜有发汗除风的药效,用途甚广,根茎辛、温、微中。有散寒,祛风,发表,祛痰,止呕,消瘀,利湿,健胃;治风寒感冒,呕吐,胀满,消化不良,风湿疼痛;干姜治温中去寒,散瘀止痛,回阳通脉;治心腹冷痛,呕吐泄泻,肢冷脉微,风寒湿痹;姜皮治行水去湿,消肿,和脾胃;姜叶祛湿,散瘀,消积;治食积,跌打损伤等。

临武人对油茶情有独钟,他们一日三餐每餐必有油茶,若有来客,以油茶盛情款待,往往一喝就是三大碗,让人常想"三碗不过冈"。临武人喝油茶,有句俗话:"一碗疏,二碗亲,三碗见真情。"

临武油茶做好后呈褐黄色,比普通茶叶泡出的茶水颜色要深。临武人泡油茶讲究选料,茶叶不用嫩叶,用野生东山雾茶,茶叶采摘后用鸡血藤烘干,油茶中重用东山紫姜,取其性味辛散驱风逐寒。将茶叶与捣碎的东山紫姜拌在一起,加适量食盐在锅中混合爆炒,边炒边拍打,让茶叶出胶、姜出老汁。炒至锅内冒白烟时,即冲入沸水,盖上锅盖,煮一会儿,再加适量的茶籽油,再根据个人嗜好,在碗里放油炸脆酥玉米粒、油爆糯米花、花生等佐食。这样冲煮的油茶，吃时软、硬、脆、香样样俱全，闻时茶香扑鼻，品尝有甘、辛、苦、涩、咸五味，沁人心脾，喝后余味绕舌。

二〇〇九年，楚江镇山村推行紫姜大面积种植示范，获得可喜成就，平均亩产值万余元，最高亩产值达一万六千余元。发展东山紫姜种植是调整产业结构，促进农民增收的支柱产业，具有可持续性发展的广阔空间。

临武有种非常闻名的美食叫临武鸭，也少不了东山紫姜。临武鸭肉型像野鸭，全是瘦肉，它生长发育快、体形大、产蛋多、适应性强、肉质细嫩、皮下脂肪沉积良好、味道鲜美，滋阴降火，美容健身，老百姓俗称勾嘴鸭，公鸭体重五六斤，母鸭体重四五斤，属肉蛋兼优型。

临武人喜欢吃临武产的麻鸭，无论是烧、炒、炖，还是加工成盐水鸭、板鸭，他们都要用东山紫姜去腥膻味。特别是现炒的临武鸭，必须要放东山产的紫姜、大冲产的辣椒，临武鸭的味道才会呈现，所以很多美食家都称东山紫姜、大冲辣椒是临武鸭的味魂。

我吃过东山紫姜之后，非常喜欢它的生脆，特意带了几瓶腌制的东山紫姜回长沙，给亲戚朋友吃。

大冲辣椒

我这次临武之行,在临武的数处地方都吃到了当地美食临武鸭,觉得其中的辣椒味道特别,新鲜辣椒极辣又脆爽还带点甜味。在与朋友的闲聊中,我表达了自己的味觉,他告诉我,做临武鸭用的辣椒是我们临武县本地的大冲辣椒,在我们临武是出了名的辣,是老临武人的最爱。

为此,我在朋友的带领下,特地去了一趟产大冲辣椒的大冲乡,了解了大冲的辣椒生产地和当地土壤、气候等情况。

大冲乡位于临武县东北部,素有"山高石头多,出门就爬坡,沿途不见树",人民群众的生活、生存、生产条件异常恶劣。大冲乡能够种植辣椒的好土地比较少,并且每块土地的面积不大,当地人形象的比喻是斗笠土、蓑衣土,每块土地之间有很

——大冲辣椒质优味醇、颜色鲜红、皮薄肉脆、辛辣味香,果小均匀,五个簇生并尖端朝天,上尖下圆、形如五爪,大冲乡人称之为五爪辣椒或朝天辣椒。

多的石头间隔着，这种光秃秃的喀斯特地貌，难以使种植辣椒的土地连成一片。

据大冲乡的朋友介绍，大冲乡现在辖有十四个村委，三十四个自然村，六十四个村民小组，总面积四十二平方公里，耕地面积六千亩，其中旱土面积三千亩，可开垦耕地面积三千亩。大冲乡的总人口六千多人，以种植农业为主。

我们行走在大冲乡的山路上，到处都是山岭。朋友告诉我，大冲乡属于高寒山区，昼夜温差大，太阳辐射强，气候温和，雨量充沛，长年受云雾滋润，全年高温多雨，属南亚热带季风气候，空气湿度相对较大，土壤肥沃，土质疏松，属黑腐化沙壤土，富含稀有元素硒，土壤多呈弱酸性。

我穿着单薄，不敢在山上过夜，与朋友说好，我们天黑之前离开大冲乡，回县城。

大冲辣椒质优味醇、颜色鲜红、皮薄肉脆、辛辣味香，果小均匀，五个簇生并尖端朝天，上尖下圆、形如五爪，大冲乡人称之为五爪辣椒或朝天辣椒。这种新鲜辣椒，通过传统加工或现代工艺制作成大冲辣椒酱，具有天然的"微甜、纯香、辣度大"等独特风味，并且营养成分丰富，吃起来开胃、增食欲，辛辣异常、醇香浓郁，是辣椒爱好者的美味佳肴。

现在，临武县在极力推广大冲辣椒，在大冲辣椒原产地金江镇大冲乡的基础上向周边乡镇和气候接近的乡镇推广，它们都是高海拔，深山沟，不受工业污染。

我咨询过很多临武的朋友，他们都知道大冲辣椒，说明在当地很有名。我还从临武的一些地方文献看到一些资料，在明清时期，大冲辣椒就是朝廷的贡品，备受当地父母官的关注。现在，大冲辣椒已经制作成辣椒酱等产品，畅销海内外。

二〇〇四年三月，中国女排在郴州训练时，领队李全强到临武探访朋友，吃了大冲辣椒后，题字"吃大冲辣椒，夺世界冠军"。二〇〇五年，中国女排主教练陈忠和到临武，吃了大冲辣椒后，为大冲辣椒题字"大冲辣椒，名扬四海"。此次，中国女排有了一个辣妹子的称号，她们吃了大冲辣椒，有股子辣劲，在国际运动场上始终坚持奥林匹克精神，团结进取，顽强拼搏。

据我了解，目前临武全县种植大冲辣椒数万亩，几乎全部以新鲜辣椒或加工成干椒、辣椒酱后直接作为原材料向外销售，并且成立了云雾大冲辣椒农民种植专业合作社、舜峰食品加工厂和小徐瓜瓜食品加工厂等大冲辣椒龙头企业，进一步延伸大冲辣椒的产业链条，增加大冲辣椒的附加值。

大冲的辣椒种植者告诉我，大冲辣椒从辣椒定植地块的选择、苗床的准备、播种、苗期管理、定植、辣椒肥水和病虫害防治的常规管理、采收和留种等，要经过九道程序。他们五月份由自留种直播，到八至十月采收，全生育期不杀虫，属无公害绿色蔬菜。他们直接采摘新鲜辣椒腌渍、干制、粉碎加工，做成最佳原料和理想调味品，具有开胃健脾、促进食欲、消食杀虫、祛风除湿等保健功能，还可做制造中成药的原料。

我去大冲的时候正值中秋前后，也是大冲辣椒收获的季节，看到前来洽谈订货大冲辣椒的客户络绎不绝。我特地从菜农的手里购买了几十斤新鲜辣椒，放在朋友的车上带回长沙。

洞口酸辣椒

湖南人吃辣椒是一种饮食习惯，更是一种生活喜爱和家庭传统。每家每户都离不开那诱人的辣椒和可口的辣椒美食，由一个简单的辣椒产生了无数的美食佳肴，形成了一些地方饮食文化，成为人民日常喜爱的食物。

到邵阳洞口，也许会发现每家每户都有一个养酸辣椒的瓷坛子，甚至一个家庭拥有无数个酸辣椒坛子，让外人费解。在洞口生活过一段时间之后，就慢慢地解开了这个谜。洞口人做牛肉、猪肉、羊肉等肉食类美食，都离不开酸辣椒，酸辣椒成为一种去腥膻的调料，辅助着食物的味道，左右着洞口人的味觉。

立秋之后，农村的新鲜辣椒已经非常丰富，每天的菜肴已经无法消化迅速生长

——当地人喜欢吃辣椒，并且有特别浓的辣椒情结，哪餐不吃辣椒，哪餐就无法吃下饭菜，这些简单的要求，也产生了简单的食物，就是一直流传至今的酸辣椒。

的辣椒，聪明的洞口妇女便开始积极思考应对这么丰富的辣椒的方法。当地人喜欢吃辣椒，并且有特别浓的辣椒情结，哪餐不吃辣椒，哪餐就无法吃下饭菜，这些简单的要求，也产生了简单的食物，就是一直流传至今的酸辣椒。

  做酸辣椒，首先对辣椒有严格的要求，不是什么辣椒都可以的。自明代辣椒传入中国以来，邵阳这个叫宝庆的地方，对辣椒产生了特别浓厚的兴趣，加上邵阳这片酸性土壤，非常适宜辣椒的种植和生长。那种特别辣的七星辣，就是它们的特产，当地人叫朝天尖椒，六七个辣椒簇拥在一起，无论是做新鲜辣椒吃，还是做干红辣椒或者辣椒粉，都非常地合适。

  洞口这个小地方，是宝庆的一部分，吃辣椒和种辣椒是个相对比较集中的地方。他们吃新鲜辣椒炒的菜肴，还习惯性地在青辣椒上加一瓢红辣椒粉来提味，在吃饭的时候就边吃边流汗，也许我们在其他时候无法体会到汗流浃背的感觉，但是如果到洞口看到他们吃辣椒，脸颊上汗水流成的沟壑，马上就明白汗流浃背的意思了。

  做酸辣椒，一个首要条件就是辣椒不能沾生水，妇女在忙了一早上的家务之后才会看天气，太阳出来，就背着背篓来到菜园子里。采摘辣椒的时候有讲究，新鲜青辣椒自然成长之后，有些长得快，有些长得慢，有些晒到的阳光多，有的晒到的阳光少，它们的成熟程度完全不一样。做酸辣椒需要的是青皮辣椒，红辣椒、紫辣椒或者半红半紫半青的辣椒都不是采摘的对象，青辣椒在嫩的时候，青色里往往泛着白色显示它嫩的一面，老的青辣椒在青色上泛着墨绿色闪着幽光，这样的颜色具有幽深和诱惑力。

  女人采摘好辣椒背回家里，辣椒不用清水冲洗，把刚采摘下来的辣椒摊开，晾干没有被阳光晒干的露水，用湿毛巾抹去辣椒上的泥土和杂质，剪掉辣椒柄，辣椒柄不是齐辣椒屁股剪下，要留一厘米左右，再摊开，风干辣椒表面抹过的水汽。

女人开始准备酸水，酸水是一年一年传下来的老坛酸水，有的有二三十年的历史，勾兑部分白开水之后加盐、花椒等作料，一般四五口人的家庭会准备三五坛酸辣椒。做酸辣椒，需要很好的瓷坛子，陶瓷的坛子不是每个都适宜做酸水坛子，需要选择，普通的瓷坛子无法浸泡酸辣椒。首先要选择不漏水的坛子，密封性能好的瓷坛子，再用酸水把坛子养起来，养那么三五年，坛子就可以用来泡酸辣椒了。

辣椒直接放进坛子里，浸泡一周或者十天时间，辣椒个个气鼓鼓的，气色像新鲜辣椒一样鲜艳欲滴，吃起来又酸又甜又辣又脆，极其美味可口，爽辣无限。酸辣椒可以直接用来下饭，外地人以为他们在吃新鲜辣椒，惊讶不已；还有在做肉菜的时候，洞口人忘不了要放点酸辣椒作为调料，辅正肉类食材的味道，这种味道，极其符合洞口人的口味，在洞口的农村肆意蔓延。

漂泊在外的洞口人，最为思恋的食物就是这个酸辣椒，他们在无限的怀念里唠叨、感叹，甚至流口水。每当回到故里，无论行李有多繁重，他们都要携带一包酸辣椒远行，如自己的亲人，去异地他乡弥补久远的味道。

洞口挨钵菜

邵阳洞口位于湖南中部偏西南方向，雪峰山脉东麓，资江上游。山地多以黄壤、黄棕壤为主，适宜辣椒的生长和种植，石江、黄桥、花园等二十二个乡镇都有大面积种植辣椒的习惯，辣椒是农民的重要经济作物之一，成为辣妹子等辣酱的生产基地。

洞口的辣椒种植历史相当悠久，在明清时代就已经普遍，并成为食物调料，进入到菜肴和食谱中。洞口所产的辣椒颜色鲜艳，红得正艳，肉质厚实，甜味纯正，品质上乘，是嗜辣椒者的首选食材。洞口农民生产的辣椒用于制造干辣椒、泡辣椒、辣椒粉、糊辣椒、油辣椒、酸辣酱、辣椒罐头等产品，销往全国各地，甚至出口海外。

在洞口农村，人们习惯把擂钵读成挨钵，因为与岩石有关。他们从挨钵的来源

——洞口人最常见的挨钵菜是擂钵辣椒，勤劳的农民把它叫做懒人菜。

说，最先的擂钵是用青石头雕琢而成。一块四四方方的石头，先挖出一个坑，在内侧刻上一条条密布的纹路，锋利到可以划破皮肤，再把外面刨光滑，做成倒锥体。

在洞口常见的擂钵只有三四十厘米高，钵口直径大约四十厘米。他们做菜的擂钵比常见的擂钵还要细小些，高约十厘米，钵口直径约十厘米，内侧有很多由钵底向钵口呈发射状的纹路和凹槽，可以擂芝麻、豆子、茶叶等食材。随着陶制艺术的发展、壮大，陶制艺人开始烧制陶器的擂钵来代替石制的擂钵。陶制擂钵可以批量生产，大大提高了生产速度，加快了生产数量，擂钵在农家很快得到了普及和使用。陶制的擂钵容易摔碎、打破，因此很多殷实的人家和讲究实用、牢固的家庭还保留着那种石头雕琢的擂钵，也喜欢用石头去雕琢擂钵来显示自家的富有。

洞口人最常见的挨钵菜是擂钵辣椒，勤劳的农民把它叫做懒人菜。当他们离开农村，来到城市漂泊之后，对擂钵辣椒的印象十分深刻，甚至极其惦记。他们记得小时候没有菜下饭的时候，就跑到菜园里摘一把辣椒，回家放在柴火上烤烤，用擂钵捣碎，放点盐、油，就当一顿饭的菜肴。他们现在极其怀念那种儿时的味道和菜肴，都遗憾自己现在没有办法去享受这种美味了。

我的好友尹默三曾经跟我说过一个故事，他的一位堂兄生性懒散，好吃懒做，连做菜都懒得动手，而他最拿手的菜就是挨钵菜，即挨钵辣椒。他堂兄的做法很特别，把青辣椒丢在有火星的草木灰里煨一会儿，辣椒皮不会烧焦，但辣椒皮很容易被撕掉。撕掉辣椒皮的辣椒放在挨钵里，加一把大蒜籽，再到门口摘一把野生薄荷叶放在挨钵里。这三种食材放在一起，放点点盐，一起擂碎，擂到三种食材完全混合，分不清你我，这道挨钵菜就做成了。

挨钵菜里的辣椒十分生脆,辣味猛烈,香鲜甜三味突出。大蒜籽润滑爽脆的口感及颗粒感,使得它的辣味稍微中和了些,蒜香味在菜里崛起,幽长。薄荷叶奇香溢出,辣味清淡,调和了辣椒和大蒜籽的青味和蒜臭味。

这道挨钵菜,三种食材都有辣味,农村有句俗话:"姜辣口,蒜辣心,辣椒辣怀心(心脏)。"蒜辣心、辣椒辣怀心的辣味就来得猛烈些,加入薄荷叶之后,辣味来得幽柔一些,辣味回味绵长一些,辣在嘴巴上,就像胶布粘着了,麻木到不能挣脱,所以就不停地吃饭,把饭送到嘴里来冲淡辣味,一餐挨钵菜可以下三四菜碗饭,吃得精神振奋。

我到洞口去过几次,才知道擂钵辣椒是洞口有名的农村家常菜,挨钵菜还是一个系列,有擂钵辣椒茄子、擂钵辣椒豆角、擂钵辣椒藠头、擂钵辣椒芋头、擂钵辣椒土豆、擂钵辣椒笋等。我到几个乡镇的农民家里吃过饭,他们的挨钵菜更有特色。我见过两种比较有个性的家庭做法,一是把洗好的青辣椒放入刚滤了米汤的饭上,饭蒸熟之后,辣椒蒸得半熟。再放入擂钵里捣碎,加入蒜、姜、盐、油、酱油等,即一道家常擂钵辣椒。一是把青辣椒去蒂洗净,保留辣椒籽和辣椒芯。菜锅烧热,放入洗干净的青辣椒,中火干煸至水汽收干,表皮发皱,微微煳焦,加适量菜油炒匀,煸炒一会儿加盐,小火慢煎至表皮煳焦,辣椒变软,再倒入擂钵中捣碎,即可上桌。

挨钵菜是洞口乡村家家户户都会做的菜肴之一,他们的传统做法是先把青辣椒去蒂洗净后,再用火把青辣椒烤熟,然后放入擂钵中捣碎,拌入调料就可以上桌。现在,挨钵菜有了新的发展,在没有大蒜籽的时候或者蒜苗长出来了的时候,他们用新鲜蒜苗的那段白色茎即蒜白跟辣椒一起擂,风味比大蒜籽更好,更鲜香。

醴陵焙肉

醴陵历史悠久，风俗淳朴，人杰地灵，雨水丰沛，气候潮湿，佳肴不便于保存，一旦食用不完，就容易发霉变质。立冬之后，空气变得寒冷干燥，民间开始制作干菜，醴陵最有特色的焙肉才出现在厨房里，成为家庭主妇们为其奋斗的珍藏美味。

焙肉对醴陵人来说，如影随形，它挂在醴陵人家的厨房里，收藏在醴陵人家的瓷坛里，还装在醴陵人的行囊里。醴陵人即使背井离乡、远走他乡，甚至是流浪天涯，都会思念家乡的焙肉味道，他们不愿意忘记那咸香的味道，时刻飘荡在口腔里，留在记忆里。如果有机会回到故里，再次远行，他们会想方设法切一截焙肉放入行囊，身边保留家乡的味道，让自己身边充满家乡的气息。醴陵人喜欢把焙肉和醴陵

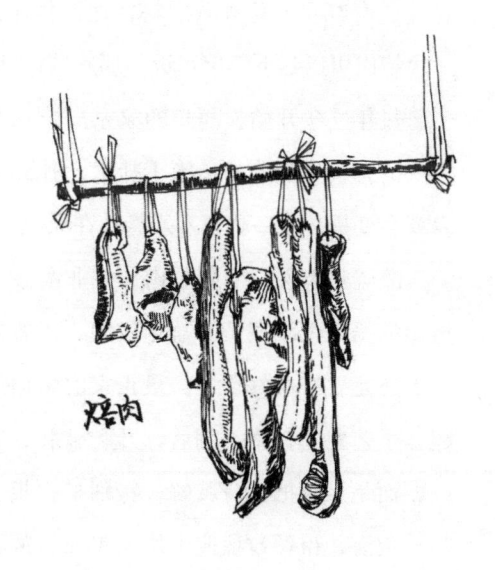

——醴陵焙肉又称醴陵腊肉，并非醴陵一地出产，醴陵周边都有，并以焙肉命名。

三辣（醴陵辣椒、醴陵大蒜、醴陵生姜）一起做一道菜，就是大蒜辣椒炒焙肉，有辣椒、有姜、有红衣大蒜等做配料，这四样辛辣咸香的美味炒到一起，诱惑着醴陵人的食欲，一块焙肉可以吃下三碗米饭，那咸咸的味道划过舌尖，就催动自己不停地往嘴里送饭。

每年立冬开始，醴陵的家家户户就开始制作自家的焙肉，主妇们开始忙碌起来，把大块的猪肉用盐腌好，滴干盐水，挂到柴火灶上让烟火慢慢地熏焙，时间一久，肉的外表就会变黑，像一根根木炭悬挂在梁上。

醴陵焙肉又称醴陵腊肉，并非醴陵一地出产，醴陵周边都有，并以焙肉命名。醴陵熏制的焙肉色泽亮黄，盐味浸润，肉香内敛，格外香醇。做醴陵风味的焙肉，最关键的一点还是要有个好屠夫。最正宗的焙肉产地官庄山区，杀年猪的屠夫非常敬业，技术高超，手艺熟稔，猪杀翻后，开肠破肚，取出内脏，屠夫不急着翻肠子、处理猪肚子等内脏，而是及时把猪身肢解，特别是腰板上的肋肉，切成三五斤一块，趁着体温还没有冷却，用海盐粗颗粒擦遍肉块的表面，放在瓦缸里腌制三天，猪肉转色之后，上链条挂起来，滴干盐水和水分，用茶种壳秕谷、花生壳等急火不间断焙三天，再文火焙一天，地道的焙肉一周之内就生产出来了，肉香醇厚，色泽金黄，猪皮极其松脆。

立春之后，醴陵再也没有人家去制作焙肉，他们开始享受焙肉的滋味和咸香。乡下人家有客人登门，主人必须以焙肉待客。焙肉的炒法比较单一，洗净切片翻炒即可，可以根据不同的口味加不同的调料。焙肉要切成大片大片的，我见过最大的有一指多厚，巴掌大小，夹一块足有二三两重，这样吃起来，醴陵人才说过瘾。

质量好的醴陵焙肉，最好不要爆炒，而是清蒸，切成片的焙肉放甑里蒸，清香诱人，别有风味，瘦肉绛红，肥肉通明，肉皮微黑带黄；也可以放在饭坯上蒸熟，蒸到焙肉的肥肉变成浸润的半透明状态，趁热切成一指宽的厚片，下锅稍稍一爆，普通的放辣椒粉一拌即出锅，讲究的加大蒜、萝卜干、蕨菜薹干或者冬笋片等，最忌带汤水。焙肉切得薄而小，就像是做配菜的香料，口感不好。

焙肉放到餐桌上，香气四溢，席间有喝酒的客人，总会挑宽宽的肉皮给自己吃，把脆而不腻的肥肉给孩子，鲜红透香的精肉给女人，他们吃着剩下的那层黝黑的猪皮，一咬就断，又有韧劲，久嚼生粉。下酒最好的是焙肉骨头，香味和盐味早已侵入骨质中间，骨头疏松，慢慢地嚼，小骨头都会咬碎，那吸出来的咸香味极其迷人，实在嚼不动的大骨头、直骨头才被依依不舍地丢在桌子底下，让给等了半天的狗，它们抱着啃上半天，也舍不得丢。

焙肉讲究新鲜，新焙出来的肉最香，焙肉注重肥肉，收得久了油水尽失，没有风味可言。醴陵民间收藏焙肉的方法十分特别，整条焙肉切成刚够吃一餐的小段，全部浸泡在茶油坛子里，可以保存到第二年秋天。每次要吃，就拿一截出来，做好的焙肉，一般在一餐之内吃完，不吃两餐或多餐。

吃多了焙肉，我慢慢发现其中的奥妙，它的区别来自于熏肉的柴火。有些地方常年烧松枝做饭，这样熏出来的焙肉是上品，肉里有松香味；其次是烧杂木熏出来的焙肉，品质相差无几，细嗅之下，只有香味差了许多；再次是用稻草和树叶做柴火，焙肉的味道最差。

近年来，农村柴火灶改为煤灶或气灶，醴陵人想吃焙肉，就拿一圆铁桶，把腌过的猪肉挂在桶内，上面盖个破麻袋，地上置一个火盆，盆内盛满瘪谷或茶壳，热烟急火焙得几日即可食用。城市居民均采用这个方法炮制焙肉，有些往火盆里放些花生壳，熏出的肉有异香味。这种焙法虽然简单，但焙出来的肉远不及挂在柴火灶上徐烟慢火焙出来的经得起品味。

农村人平常很少吃肉，正月待客的焙肉却不能少，每家都会有几十斤，到第二年的农历三四月间，还有焙肉待客。受到湘东一带气候的影响，普通的保存方法最多在农历四月之前要食用完，过了这个季节，焙肉就会产生一股陈腐的气息，味道截然不同。

皮蛋拌豆腐

每当炎炎夏日,大家都想清凉一夏的时候,我首先想起的是一道美食——凉拌皮蛋豆腐。这不是我家乡的名菜,而是我大学毕业之后,一位同学教我做的一道菜,这道菜是她家乡常德澧县的传统菜,也是一道地道的家常菜,很少在餐馆里出现,常在民间流行。

澧县有山有水,每家每户种植黄豆和养水鸭。澧县水豆腐细嫩无比,很受当地老百姓的喜爱。农民喜欢在家附近的溪水里放养水鸭,早晨把水鸭赶到溪里,黄昏时分,水鸭自己找回家来。在下蛋季节或催肥时节,农民会给水鸭喂秕谷或稻谷;在谷物收割之后的秋冬季节,他们把水鸭赶到放满冬水的稻田里,让鸭子寻找失落的稻穗和水生小动物作为食物。当地人家

——皮蛋拌入嫩豆腐一起吃,不仅味道鲜美,而且清热解毒,很快便被传播开来,成为一道名菜流传至今。

乡愁里的
旧食光

每家最少养十几二十只水鸭，清一色的母鸭，用来生蛋增加收入，到下蛋季节，一只水鸭一天生一个鸭蛋，让人看了喜爱不已。农民舍不得天天吃鸭蛋，想方设法保存鸭蛋，新鲜的鸭蛋不易收藏，慢慢地，农民总结了一些收藏的方法：一是用冷开水加食盐和柏树枝浸泡鸭蛋，经过一段时间就做成了圆蛋（咸蛋）；一种是用石灰和米糠和成的稀泥裹上鸭蛋，经过一段时间稀泥变干，鸭蛋被石灰烧熟，做成了皮蛋。

初夏，溪水转暖，鱼虾出洞，水鸭开始在溪中嬉戏，农民马上喂把稻谷，水鸭吃过后准保会生一轮鸭蛋。女人把鸭蛋收集起来，用一天时间把鸭蛋泡水或裹泥，经过三四十天的腌制，就做成了咸蛋和皮蛋，正好赶上四月底五月初。每年的端午，洞庭湖区的农民，都有吃咸蛋插艾草的习惯，他们以咸蛋和皮蛋作为端午节送人的礼物，成为这个时候的季节性美食，端上了洞庭湖区居民的餐桌。

端午过后，农村开始繁忙起来，天气一天比一天炎热，农忙季节，中午吃不下饭的时候多，为了保存体力完成繁重的农活，农民会想方设法让自己多吃饭。炎热的夏日，只能吃清淡的食物，所以，农民选择了带凉性的豆腐和皮蛋，这两者都有滑爽、清凉的感觉，豆腐在农村比较常见，皮蛋在农村还是比较罕见的食材，即使自家有，也舍不得餐餐吃，偶尔吃一顿，便觉得美味可口，既开胃又下饭。

农村刚出箱的热豆腐，往往细嫩无比，滑爽可口，农家妇女把刚出箱的热豆腐划开，切成筷子大小的豆腐丁，让其流尽石膏水，豆腐变得清凉冰爽。把皮蛋剥壳切成筷子大小的细丁，盖在豆腐丁上，搅拌均匀。皮蛋有刺激消化器官、增进食欲、促进营养的消化吸收、中和胃酸、清凉、降压的作用，具有润肺、养阴止血、凉肠、止泻、降压的功效。

农村人都是干的重体力活，吃任何食物都需要有油水，凉拌的皮蛋豆腐也不例外。女人把大蒜剥皮之后，切成细末，在锅里把油烧热，放蒜蓉爆香，加辣椒粉、盐、味精拌均匀，淋在皮蛋豆腐上，再慢慢搅拌均匀，即可食用。

　　三国时候，湖北江陵籍的军士把从家乡带来的皮蛋拌入嫩豆腐一起吃，不仅味道鲜美，而且清热解毒，很快便被传播开来，成为一道名菜流传至今。

　　现在，皮蛋拌豆腐经过不少人的改良、加工，人们开始采用细嫩的内酯豆腐为原料，加榨菜、皮蛋、香油、香菜等制作。豆腐横竖各切几刀，扣入盘中；榨菜切碎成末，皮蛋切成丁，撒在盘中豆腐上，淋上香油，撒上香菜即可食用。制作简单，营养丰富，富含人体所需的多种营养成分。

　　我曾经在一家由澧县人在长沙市河西英才园开的6542餐馆吃到过一道过桥豆腐。这道菜用豆腐、皮蛋加少许小米辣椒末，上蒸笼蒸透，上桌之前淋上香油，味道极其爽口、鲜美，成为人人喜欢吃的一道美食，但是在其他餐馆从没见到。

　　我还记得我同学曾给我说过一个秘诀，不是新鲜腌制好的皮蛋有涩味，生的大蒜能杀菌却有生味，最好的办法就是把植物油烧开，盐、味精、辣椒粉、酱油倒在一个小勺子里，一起倒入烧开的油中，搅拌一圈，马上淋在皮蛋豆腐上，热油遇到皮蛋、豆腐、大蒜，要慢慢才冷却，这样可以消除大蒜的生味、皮蛋的涩味、豆腐的石膏味，形成一种无法言表的鲜味。

湘西南灌辣椒

在湘西南山区，居住着一些古老的少数民族，其中有原始的生苗和半开放的熟苗，他们嗜好酸性食物和辣椒的刺激味道。在漫长的历史进程中，他们自己研制出的美味可口的酸汤、酸菜、灌辣椒、酸肉、酸鱼等菜肴，成为他们的食物源泉和饮食文化。

灌辣椒是湘西南苗家菜的代表性菜肴之一，具有湘西南苗族的民族特色，很受苗家人的欢迎和游客的喜爱。灌辣椒又叫灌辣子、酸辣子、糯米辣椒、米粉辣子等，在湘西南的各个小地方，它们还有自己的特殊名字和当地奇特的饮食文化内涵，以糯米酸辣子、包谷酸辣子等多种形式出现在民众的餐桌上。它们的吃法和味道各有千秋，却香辣鲜麻酸嫩咸脆八味兼备，甚

——灌辣椒是湘西南苗家菜的代表性菜肴之一，具有湘西南苗族的民族特色，很受苗家人的欢迎和游客的喜爱。

是绝味，让我等吃货无法忘却。

　　我曾到湘西的吉首、凤凰、张家界、桑植、慈利等地旅游、考察，数次品尝到苗家的灌辣椒，为此，特意询问了我的绥宁籍同学明大平。他是苗族人，他祖母原来是当地的生苗，生活极其传统，自从嫁给他爷爷之后，他们那支苗人才与汉人通婚，才由生苗转化成熟苗，很多饮食习惯却保留了生苗的传统，也延续着做灌辣椒的习惯。他为了回答我的问题，特意从绥宁带了他们家传统做法的灌辣椒，在长沙给我讲解灌辣椒的采摘方法、制作过程、加工技巧及烹饪技法，还亲自用他奶奶的烹饪方式给我烹饪了一盘金黄的灌辣椒，我尝后非常留恋，吃了还想吃，竟不知不觉中把一盘灌辣椒吃完了。

　　苗族一日三餐，以大米为主食，肉食来自家畜、家禽饲养，食用油为动物油、茶油、菜油，以辣椒为主要调味品，有"无辣不成菜"之说。菜肴种类繁多，常见的蔬菜有豆类、瓜类、青菜、萝卜。善做豆制品，喜食酸味菜肴，酸汤家家必备，用来煮肉、煮鱼、煮菜。食物保存采用腌制法，蔬菜、鸡、鸭、鱼、肉腌成酸味，他们都有腌制食品的酸坛。典型食品有血灌汤、辣椒骨、苗乡龟凤汤、绵菜粑、虫茶、万花茶、捣鱼、酸汤鱼等。

　　苗家灌辣椒采用新鲜青辣椒或红辣椒和糯米粉等为原料，把糯米粉灌入挖去辣椒籽的辣椒肚子里，经过坛子密封腌制一个月左右，辣椒成白色或红色，味道回酸，口感生脆，再油炸着吃，所以称其为灌辣椒，因为辣椒有自然的酸味，又叫酸辣子。凤凰、吉首、张家界、沅陵、龙山等地方多用红辣椒来制作灌辣椒，取其颜色的鲜艳；绥宁、城步多用青辣椒烫水晒一天太阳变白后来制作灌辣椒，各自的制作方法和步骤有些变化，味道和口感也有细微的区别。

凤凰糯米腌酸辣子是凤凰人最喜欢吃的一道家常菜。选上等香糯米碾磨成糯米粉，将颗大肉厚、极少有辣味的红色辣椒洗净剖开半边，取出辣椒籽，将调拌好的糯米粉装入辣椒肚内，稍加裹紧放入陶罐腌浸，半月后即可取出炒着吃。主要用油煎、油炒两种烹饪方式，煎炸时要注意火候，最好细火慢煎、慢炸，勤翻面以免煎糊、煎焦，辣椒肚里的糯米粉要熟透以后才能出锅，辣椒清香酸辣，外焦内嫩，很有嚼头，别有一番风味。

吉首酸囵辣子以紫红色辣椒为最佳原料，妇女多选粗如手指、质地较硬的紫红色辣椒，辣椒的长短按坛子的大小来选，个头相当，长短相等。辣椒洗净之后，在开水里烫一下，风干至枯萎状，灌进糯米粉，放到坛子里腌制，切勿按压辣椒，以免挤出糯米粉，整齐码好，一层层铺开，再加玉米皮填充辣椒间的空隙，并加速其发酵出酸，半个月左右即可启坛食用，用坛子储存最多可以保存一年不变质不变味。

张家界的辣椒包糯米又叫鱼儿辣椒，是张家界的传统名菜之一，选颗大肉厚带辣味的肉辣子，洗净辣椒表面的污垢后晾干水分，抓住辣子把沿把圆形部位用大拇指轻轻往里一抵，取出辣子籽，将碾好的糯米粉、水、盐调拌好装入辣子肚内，稍加裹紧，放入陶罐里腌浸，半月后即可取出食用。用油煎，煎炸时注意火候，火力太猛容易把辣子烧黑，糯米却没熟，油炸熟后把辣子并排摆好，翻动后加水焖，待糯米粉熟透后即能享用。色泽油亮，黄而不焦，软而不粘，辣中带酸，脆而不硬，油而不腻，色香诱人。吃辣子包糯米不能性急，新鲜出锅的辣子金黄脆嫩，软柔适当，热气腾腾，一不小心就会烫着舌头、伤着嘴。张家界街头摊点上的油炸辣子包糯米，味道不纯，辣子里包的是粳米磨成的大米粉，口感偏硬，没有糯米做的味道。

绥宁灌辣椒又叫通辣椒，选青辣椒在开水里烫一下，在太阳底下晒白，用米饭、面粉、藠头、盐、鸡丝等搅拌在一起做馅灌进辣椒里。也有的用韭菜、紫苏为馅，或者用藠头与糯米粉为馅，或者用韭菜与糯米粉为馅。糯米炒熟磨细粉，韭菜、紫苏、藠头切丝，裹粉加盐塞进辣椒肚里，晒干装坛腌制，食时从坛子里取出辣椒，在油中小火煎炸，炸至通黄，即可上桌。这道菜香脆不辣，有野菜、菜油等香味，嚼在嘴里咯嘎咯嘎地响，令人陶醉。

新化灌辣椒又叫糯米粉辣子，青辣椒烫开水后在太阳底下暴晒一天，两面变白，剪掉辣椒柄，从辣椒屁股上剪一刀，塞进调拌好的糯米，腌在坛子里，吃时用气锅蒸，蒸熟之后撒点葱花即可，味道酸脆，酸甜可口，回味无穷。

做灌辣子是湘西南苗族妇女的绝活，初秋季节，辣椒正长得旺盛，果实繁多，每家每户选择晴朗的艳阳天，开始准备采摘辣椒，储存起来在其他季节食用。妇女们背着背篓穿行于辣椒地里，低头寻觅绿叶下的辣椒，有红辣椒、青辣椒、紫辣椒，她们一并采回家，再按颜色分类，选出最满意的辣椒来制作几坛酸辣子，可以自家食用，又可以用来招待客人，有时还可以作为礼品赠送给身居城市的亲朋好友。

湘西南苗家人最受欢迎、最爱吃的是她们自己亲手做的灌辣椒，因为其制作简单方便，腌放时间持久，四季都可食用，便成为家里的一道主打菜。灌辣椒还可以从年头吃到年尾，是苗家人理想的压桌菜。款待客人，要上一碗口味酸辣浓香、鲜美爽口、绵软柔滑、酸而不辣，很有风味的灌辣椒，让其感受女主人的持家本领。

我今年多次去湘西南苗族山区采风，吃了好几次灌辣椒，想从百姓家买点灌辣椒带回长沙做给家人吃，但都没有找到合适的人家买到，甚是遗憾。

临武麻鸭

走在临武乡间,听到一片"咧啦——咧啦——"的声音,这是临武赶鸭人特有的唤鸭声,那声音悠长、高亢、别具韵味,像空谷足音般回荡在临武这片神奇的热土上。让我想起我们的蒙童时代,那养鸭、牧鸭时留下的深刻印迹:千万羽体态玲珑、仙姿绰约的临武麻鸭从沟壑溪流、水塘山涧、翻冬水田跑出来,浩浩荡荡地汇聚成一幅浓墨重彩的鸭奔图。

俗话说"临武山水鸭天下",湘粤边界的临武自古就是我国的麻鸭王国。

每年春江水暖时,农村孵鸭就开始了,一些农村汉子挑着刚孵化的临武麻鸭小鸭仔在乡间游卖。想养鸭的人家就购买小鸭仔,父母发动小孩到田间地头挖蚯蚓,用蚯蚓喂养小鸭仔,小鸭仔毛色松蓬,长得

——临武鸭的体形像野鸭,全是瘦肉,味道鲜美、生长发育快、产蛋多、适应性强、肉质细嫩、皮下脂肪沉积良好、滋阴降火、美容健身、高蛋白低脂肪,老百姓俗称勾嘴鸭。

又旺又快。小孩坚持挖十多天蚯蚓，鸭仔就长出了粗羽，可以自行觅食，并且能够下水。随着季节的转暖，鸭仔长大到半斤一只，就可以放到溪水、田头，让它自己觅食。清晨起来，小孩打开鸭笼，鸭子伸长脖子扑扇完翅膀，小孩把鸭仔赶出门，邻里的小孩都赶着鸭仔出来，很多小鸭仔汇集一起，成群结队吵吵闹闹地走到塘里或田里、沟渠、溪畔，寻找它们的美味。傍晚时分，邻里小孩又一起去那块地方寻找自己的鸭仔，成群结队地往家里赶。禾苗返青的时候，鸭仔已经长成斤把一只的仔鸭，把它们放进禾田里，仔鸭伸长脖子挨着禾蔸一蔸一蔸梭过去，帮禾苗松一次耕；收割季节，把仔鸭放到收割的田里去，它们绝不会偷吃谷子，专捡田里的虫子、螺蛳吃。第二年，仔鸭就是成鸭，可以下蛋，一年可以下一两百个蛋。

随着历史的发展，临武百姓把喂养临武麻鸭作为一项传统产业，世代相传。据调查，油行蒋氏始祖容亮最初居住在临武城沙坪里一带，倚靠武水河边肥美的水草养鸭为生。

千百年来，勤劳善良的临武人民对临武麻鸭精心呵护，细心豢养，使其在长期的演进过程中逐渐形成自身优良的品质，体态秀美，仙姿绰约，土黄色的羽毛、套银环曲颈、带短钩的硬喙，肉质细嫩鲜美。

临武鸭是肉蛋兼用型鸭种，体形较大，躯干较长，后躯比前躯发达，呈圆筒状。公鸭头颈上部和下部以棕褐色毛居多，也有呈绿色者，颈中部有白色颈圈，腹部羽毛为棕褐色，也有灰白色和土黄色，性羽两三根。母鸭全身麻黄色或土黄色，喙和脚多呈黄褐色或橘黄色。公鸭体重五六斤，母鸭体重四五斤。临武麻鸭无论烧、炒、炖，还是加工成盐水鸭、板鸭，均风味别具。

临武鸭的体形像野鸭，全是瘦肉，味道鲜美，生长发育快、产蛋多、适应性强、肉质细嫩、皮下脂肪沉积良好、滋阴降火、美容健身、高蛋白低脂肪，老百姓俗称勾嘴鸭。珠江源头、舜峰山涧武水山区野外放养的纯种临武麻鸭，运用现代食品加工技术，结合传统生产工艺精心制作，外形美观，皮面光滑无皱纹，呈金黄色；腹腔内壁干燥，附有外霜；肌肉切面紧密光滑，呈玫瑰红色，腊香味浓郁，肥而不腻，肉质细嫩，回味清香。

临武当地的鸭饮食文化源远流长，有无鸭不成宴的旧俗，全鸭宴有尖椒炒临武鸭、老鸭汤、米粉蒸鸭、香辣鸭肠、板鸭火锅、临武烤鸭、临武血鸭、爆炒临武鸭等菜肴。现在，全鸭宴开发出九十八道菜，全部用临武麻鸭做主菜，经过不同的做法将临武鸭的精华展现其中，具有浓厚的地方特色，经典的菜式有临武鸭酿豆腐、孔雀开屏、八宝葫芦鸭、顶呱呱、尖椒炒临武鸭、虫草花炖老鸭等。

临武最著名的是血鸭，是永州血鸭的代表，永州血鸭所使用的鸭多为临武麻鸭，在临武做血鸭，还需要东山紫姜和大冲辣椒做配料，这样的血鸭才够味，才能体现临武的味道。

临武人吃鸭花样多，炒、炖只是寻常口味，卤鸭、板鸭、烤鸭、血鸭、腊鸭信手拈来，鸭肉、鸭蛋、鸭肫、鸭脖、鸭爪、鸭翅品类繁多。有微带绿色的鸭蛋煮锁匙菜的习俗，在农历三月初三和立夏，鸭蛋煮锁匙菜清凉、清火，对牙痛病有很好的疗效。端午节，杀鸭前要给麻鸭灌几匙米汤，有利于毛孔扩张，易去鸭毛；碗中装水加盐，鸭血放入易成块，口感细腻；鸭肉用炒，鸭血划块和内脏做汤，这是最典型、最传统的辣、汤两吃的临武鸭做法。

逢年过节，临武人喜欢给长辈亲戚送礼，礼物当中一定会有会叫的临武麻鸭，鸭公叫意思是提醒邻舍有人送礼来了，邻里左右听到鸭公声，都会来祝贺，说几句闲话。

我在临武还吃过一道天花芋头秆子焖临武鸭，朋友介绍这是临武一道特色家常菜，天花芋类似香芋，浅绿色，茎秆高，一两根天花芋秆子去掉顶部伞状大叶子，洗净，撕下外层薄薄的皮，切成滚刀块状，过水。鸭肉切块，翻炒，放入东山紫姜、大冲红椒、五香、八角，加水之前让天花芋秆子块入锅焖。水快焖干时揭盖，鸭香扑鼻，绵软的天花芋秆子和着鸭肉汁成芋紫色。

我喜欢吃临武麻鸭是从在临武吃血鸭开始的，走了永州五六个县，在临武吃到的血鸭最出味，紫姜生脆滑爽，辣椒辣味劲足，又不失甜味，鸭肉没有腥膻味，滋味甜美，肉质不柴。

在临武行走了五六天，每天都要吃到临武麻鸭，他们以不同的菜式出现在我们的面前，我无法忘记它的存在。

城步苗家香辣椒

朝天椒又称七姐妹，七个成簇，体小角尖，一叉结七颗，又名七星辣。果皮较薄、表面光滑、种子粒小，又似天女散花，小巧玲珑，尾尖朝上，上尖下圆，火红耀眼，辣味浓烈，香辣可口。

宝庆人嗜辣成性，辣椒不只是作料，还是一道菜，没有辣椒的菜不算菜。许多人认为宝庆地区的民风彪悍、勇猛刚烈，多少与好吃辣椒有关系。

我家在宝庆，我去过宝庆很多地方，记忆深刻的辣椒要数城步苗家的香辣椒。

城步境内的苗族，多为生苗和半生苗。他们遵从苗族的传统习俗和风俗习惯，大多数农家都喜欢制作苗族的香辣椒。他们除了用香辣椒招待远方的来客和自己家里吃之外，多余的香辣椒，则用来作为礼品

——朝天椒又称七姐妹，七个成簇，体小角尖，一叉结七颗，又名七星辣。果皮较薄、表面光滑、种子粒小，又似天女散花，小巧玲珑，尾尖朝上，上尖下圆，火红耀眼，辣味浓烈，香辣可口。

送给自家的亲戚朋友和远方的贵宾，有的为了变换金钱，也拿到集市上出售，卖给外地游客。在个别落后的山村，一两个香辣椒就可以下一碗饭。人们吃着香辣椒，嘴里吧唧吧唧地回味过年吃肉的味道，甚至一个香辣椒可以顶一餐肉，他们吃起来觉得倍儿香、倍儿脆，我看着都咽口水。

城步农村的苗族人家称呼香辣椒为油发辣椒，又叫通辣椒。他们把它视为一种特殊的菜肴或者礼品，叫做发菜。农村的苗族人家，他们在结婚、生日、打三朝的酒宴上都会上一道菜——香辣椒，以发菜为象征，预祝子孙发达、财源滚滚。这道菜，成为农家乡宴上不可缺少的佳肴，就是不吃也要摆在那里，让大家心里有个安慰。

香辣椒的制作方法比较复杂繁琐。农历七八月间，菜园里的辣椒正是长势最好、产量最高的时候，农民开始采摘青辣椒，做成各种各样的干辣椒，收藏起来以在冬天用。香辣椒是城步农村的特色，也是农民的最爱，每家每户都会制作。

农妇从菜园里采回青辣椒，挑选出个大新鲜、肉质厚实、条形较直的青辣椒，在澡盆里清洗掉辣椒上的泥巴和尘土，沥干水分。烧一大锅开水，把洗干净的青辣椒放在开水中，烫七八分钟，烫到青辣椒的颜色变成深绿色，辣椒变软，捞出来摊开在竹盘里，用剪刀或小竹签将辣椒柄周围开一道小口，弄出辣椒籽和辣椒心，剪掉辣椒柄。

然后制作填充辣椒肚子的佐料，把洗干净、切碎的嫩椿木菜叶及香葱、大蒜叶、韭菜、藠头等拌上豆腐渣、五香粉和适量的食盐、糯米粉或熟豆粉、玉米粉等，搅拌均匀，不能太湿太黏，不能太咸也不能太淡。将拌好的佐料用勺子一个一个地喂进青辣椒的肚子里，填满、压紧，达到饱满状态，将辣椒开口合拢。有的家庭主妇喜欢在佐料中配置特殊的香料，甚至放紫苏叶、鱼腥草等，以增加辣椒的味道和口感，让香辣椒成为一道开胃菜。

　　塞满佐料的青辣椒，馅料是湿腻的，不易保存和烹饪，需要借用秋高气爽的太阳，在太阳底下暴晒。烫过的青辣椒逐渐变成白色，远远望去金灿灿的一片，辣椒里的馅料也慢慢变干、变轻，晒出一股暖暖的香味，一股太阳的味道，极其的独特。如果遇上不好的天气，或者需要赶制香辣椒，农家就用炭火烘烤，或者白天暴晒，晚上借用烧火做饭的火星烘烤，直到辣椒里的馅料干成粉末状，辣椒米黄色，爬满皱纹，就停止暴晒和烘烤，成为名副其实的香辣椒。

　　少量的香辣椒可以用塑料袋装起来，放在冰箱里保存。苗族农民有自己的习惯，他们喜欢把香辣椒放在瓷坛子里保存，把香辣椒一排一排地放在坛子里，码紧、堆放整齐，不过多地挤压。盖上坛盖，用水密封。半个月之后，香辣椒的味道更香醇，稍微带一点点酸味，吃起来更开胃。

　　城步的苗族农家，他们烹饪香辣椒有自己的独特技法。城步遍地都是油茶树，茶籽油的产量高，农民家家户户都有茶籽油。他们在烹饪香辣椒的时候，喜欢用茶籽油来烹饪。把茶籽油烧开，香辣椒一个一个地排列在油锅里，文火慢炸，辣椒慢慢呈现琥珀色，透明如蝉翼，馅料促紧，留出空隙，抖动有响声。香辣椒需要翻面炸或者滚动炸，让每个角度都在油里炸到，才能把辣椒肚子里的馅料炸透。切忌烹饪的时候过急、过快，炸煳炸焦就有苦味和涩味，吃起来就难以下咽了。

　　油爆好的香辣椒，稍微晾一会儿，馅料就不烫了，可以吃了。香辣椒松脆可口、香脆不辣、香气四溢、味道鲜美。细细品味，有十足的酸香味、野菜香味、菜籽油香味。吃在嘴里，脆得咯嘎咯嘎地响，轻轻咬去，就碎了。馅料散满口腔，刺激味蕾和舌头，

湘·辣·食·光　　　　　　　　　　　　　　　　　　第二辑

寻找那细小的颗粒。有的时候，香辣椒碰到牙齿，一块块辣椒碎片掉在口腔里，慢慢地在舌尖上融化，那种微微的酸味弥漫在舌面上，涌入唾液中，让我陶醉。我可以用三个字总结香辣椒的味道，就是香、脆、辣。

我到城步旅游，最喜欢吃苗家的香辣椒，特别是餐前，吃几个香辣椒，很开胃，吃饭的时候，我可以多吃两碗饭。

曾经有很多食客到城步，吃到香辣椒，留下了不少文字。我特别熟悉的是一首《咏辣椒》："青枝绿叶果儿长，辛辣甘甜任人尝。红装虽艳性刚直，亭亭玉立斗艳阳。"还有吴容甫先生的词一首《咏辣椒湖南·调寄风入松》："朝天是一炬轩昂。四面吐光芒。灯笼椒与朱红椒，更牛角，辣性尤刚。道是提神健体，赢来人寿年康。湘军天下把名扬。辣手著文章。朱张渡口波犹绿，水茫茫，百代流芳。试看人才辈出，重描世纪辉煌。"

湘阴无名田螺

一九八九年,身无分文的张文江在长沙市河西的溁湾镇白沙液路上找到一个门面,只有二十平方米左右,可以摆四张桌子,还有一个三平方米的厨房。

张文江对厨房进行了精心安排,在狭小的三平方米范围内放了四个锅,并排两个煤灶、一个柴火灶、一个液化气灶。

经过一段时间的经营,张文江发现自己的菜,炒得最有特色的是水产品,他自己也对湖南的水产品很感兴趣。

张文江的红烧鳝鱼做法极其简单,鳝鱼宰杀之后切片,锅里油烧开,倒入鳝鱼片,炒到鳝鱼片起泡,加料酒翻炒几滚,再加姜片和大蒜等调料,炒到鳝鱼上的泡平复以后,就可以出锅上桌。张文江的这道鳝鱼,有别于湖南人的红烧鳝鱼,湖南

——无名田螺的肉质很紧促,口感脆爽,咬起来有弹劲、有韧性,辣味、鲜味融入口腔,马上可以刺激味蕾,喷发出一种鲜香。此田螺没有泥沙,没有泥腥味,人们可以细细嚼,感受田螺肉的滋味和脆度。

人去腥、去膻，一般喜欢先放姜片油爆，还有厨师喜欢用大蒜籽，随后才是加新鲜紫苏等。

张文江研制的这道红烧鳝鱼味道极好，在他的小新华酒家引爆，受到食客的欢迎。

张文江经过一年多两年的努力，他创办的小新华酒家成为漾湾镇的三大特色酒家之一。张文江在漾湾镇这块地方声名鹊起，受到很多人的关注和好评。

黄友良不仅切菜、备菜手脚麻利，速度也快，工作细腻，一般女人不敢做的杀蛇、杀鱼等工作，她也做得很好。张文江看在眼里记在心里，觉得这个小姑娘会做事、能够做事，就把食材的基本处理方法传授给她。黄友良很快掌握了食材的基本处理方法，并且灵活运用，在厨房帮忙得心应手。张文江把黄友良调到厨房做自己的助手，从事切菜、备菜、装盘、传菜等工作。

张文江和黄友良结婚之后，他们把全部心思都放在事业上，那就是经营好自己的饭店小新华酒家。为了在漾湾镇周边的餐馆中争得自己的一席之地，就必须做出自己的特色，只有用特色菜肴接待客人，才能受到食客的青睐。

黄友良苦苦思索之后，发现自己小时候吃过很多水产品，特别是母亲做的炒田螺，让她记忆犹新。黄友良觉得把湘阴的炒田螺引进小新华酒家，生意应该会很火爆。

黄友良的母亲在洞庭湖边生活了五十多年，掌管了三十多年的家庭厨房，对洞庭湖的水产品烹饪有一套家传的绝学。黄友良的母亲很清楚女儿的心思，教给她这道菜的每一道工序，边讲解边制作，非常详细。黄友良与张文江细心向母亲学习那些制作要领，特别是不懂的地方反复询问，刨根问底，直到弄懂为止。

张文江与黄友良经过无数次试验，终于确定了做田螺的调料和使用调料的分量，但是针对田螺本身，还需要在唆螺和炒田螺上进行改造。黄友良觉得，要想吃得卫生、清爽、舒服，最重要的一点是要把田螺的内脏处理干净。如果把大田螺引进小新华酒家，只有让顾客吃到了干净的田螺肉，他们才会持续为自己研制的田螺埋单。只有这个田螺的品质提高了，小新华酒家的食客才会络绎不绝，他们口口相传，名声才能传播得远。

黄友良从小生活在洞庭湖边，对田螺的处理还是得心应手。

田螺清洗干净之后，才能煮开水。用大锅烧一锅水，水完全开穿之后，把洗干净的田螺倒入锅里，煮一会儿。等锅里的水再咕噜咕噜响起来的时候，灶里才能停火，迅速捞出锅里的田螺。捞之前需要检查一下，是否田螺的厣脱落了，没有脱落需要继续加温煮，直到大部分掉了厣为止。

捞出的田螺沥干水分，用长柄的粗针来挑田螺肉。针尖扎进田螺肉接近厣的地方，用暗力挑着田螺肉沿着田螺壳边沿往外拖，等田螺的肉质部分全部拖出来，摘除内脏部分，只留田螺肉。黄友良在实践操作中发现，田螺的内脏用针挑不干净，容易拉断，就想把田螺的尾巴去掉，也许内脏就容易搞干净。但是，去掉田螺尾巴的做法，在湘阴也没有人做过，黄友良为难了，她看到粗糙的水泥地面，便拿起一个田螺，把尾巴靠在水泥地上磨擦，很快就摩开了口子。但是作为一家酒店的特色菜，也就是一家酒店的主打菜，需要的量是比较多的，用这种磨田螺尾巴的方式生产，速度极慢，费神费力，也浪费劳动力。

张文江煮田螺，有他自己独特的方法。他用大锅煮，除了使用大蒜、姜、干红辣椒、干紫苏叶、盐菜等调料，还有自己配制的大料调味包，他煮出来的田螺有自己的独特性。张文江与黄友良经过无数次的试验和改良，历时几个月后，终于确定了这款新菜——煮田螺。

　　小新华酒家的这道菜一经推出，食客非常喜欢，马上成为店里的明星菜，点单率非常高。只要来小新华酒家吃过一次煮田螺的客人，第二次再来小新华酒家吃饭，一定会再点煮田螺，还会向前来吃饭的朋友推荐煮田螺这道菜。这道菜慢慢被食客所熟悉，成为每桌必点的菜肴之一。

　　很多食客来到小新华酒家，他们都要点煮田螺，他们点了这道菜的时候，就要问这道菜叫什么名字。张文江和黄友良商量之后，觉得有句古话叫无声胜有声，就给煮田螺取名无名田螺，成为小新华酒家的招牌菜。

　　很多食客来到小新华酒家，他们都喜欢吃无名田螺，食客们觉得，无名田螺的肉质很紧促，口感脆爽，咬起来有弹劲、有韧性，辣味、鲜味融入口腔，马上可以刺激味蕾，喷发出一种鲜香。此田螺没有泥沙，没有泥腥味，人们可以细细嚼，感受田螺肉的滋味和脆度。

　　张文江和黄友良的小新华酒家推出这道无名田螺之后，一直坚持到现在，一直被食客所关注着。二○一五年八月，中央电视台一套《生活早参考》栏目播出的《中国小馆》系列纪录片，涉及全国十个城市，说到长沙这个城市，就提到了无名田螺，并且以无名田螺为这集命名。

苗族打油茶

苗族以经营农业为主、狩猎为辅,他们住的吊脚楼为木质结构,多建山坡上,为三层,三间正屋带一间稍低的偏厦;底层饲养牲畜、家禽,二层住人,三层堆放杂物。

苗族有着悠久的种茶、饮茶历史,他们饮茶成俗,将茶作为寄托情感或表达思想、友情甚至哲理观念的载体世代相袭,并将其传承发扬光大。苗族茶俗是苗族同胞的一种生活方式,也是他们生活理念的体现。在他们的衣食住行、婚丧嫁娶、生老病死、节庆娱乐等社会交往中处处离不开茶和油茶。孩子出生,左邻右舍用带有露水的茶芽作贺礼,生男孩送一芽一叶的芽梢,生女孩送一芽二叶的芽梢,寓意为"一家有女百家求"。苗族同胞以茶为聘礼

打油茶,第一是点茶,第二是备茶,第三是煮茶,第四是配茶,即成闻名遐迩的苗族油茶。

象征男女爱情忠贞不渝，吃茶是订婚的代名词，未订婚的女子必须恪守"一女不吃二家茶"的规矩。男女婚配要有"三茶"，即媒人上门沏糖茶表示甜甜蜜蜜，新郎上门送清茶表示真情一片，结婚用红枣花生桂圆和冰糖泡茶表示早生贵子生活和美。

苗族同胞爱喝油茶，他们喜欢用油而不腻、清香味浓的油茶招待远方贵客，有"一日不喝油茶汤，满桌酒菜都不香"的说法。他们在各种红白喜事、重大节庆活动中都以油茶来宴请宾客。尤其在冬天，喝上几碗热气腾腾的油茶汤，身体顿时舒心暖胃、妙不可言。我在城步等地喝过几次苗族油茶，就爱上了苗族的油茶汤。

苗族油茶实际是茶食，又称苗族八宝油茶，油茶汤里要放很多种食物，调成一种连汤带水的汤汁美食。油茶用料讲究，烹调精细，一碗到手，清香扑鼻，沁人肺腑。喝在口里，满嘴生香，既解渴又饱肚，还有特异风味。

苗族油茶不仅作为婚丧礼仪中主要的待客饮食方式，在祭祀礼仪中也显得尤为重要。每逢节日或家庭先人生日，人们往往在神龛前用茶杯敬油茶祭祀先祖。城步、绥宁每年农历七月十二日至十五日，为苗族老人节，各家各户必须在神龛前摆上八仙桌和条凳，敬十六杯油茶，敬完油茶，还要敬酒和饭，每日早、中、晚三餐如此。祈祷者要下跪，祈求祖先保佑全家人丁康泰、事事平安。

苗族人家打油茶，他们自己又称煮油茶。据城步文史学者雷学业研究，苗族油茶的主料有阴米、糍粑、包谷、黄豆、花生、红薯、蕨粑、苦笋、豆角和峒茶叶等，配料有生姜、葱丝、辣椒、山苍子、胡椒等，工序有炒或煮熟阴米、黄豆、花生、糍粑等主料，再熬制峒茶汁（汤），加上各种配料，就是散茶、端茶、喝茶。每一道工序都有许多讲究，散茶不用饭碗、菜碗等大碗，而用特制的油茶碗；喝茶不是一杯一口喝完，要一口两口地慢慢喝，苗谚云"一碗强盗二碗贼，三碗四碗才是客"。

在苗寨喝油茶，常常是主客围着火塘边坐下，主妇把碗摆在边桌上，每碗放一些葱花和绿叶菜等，用滚烫的油茶水冲泡，再加一些副食品。苗族同胞自己在日常情况下喝油茶，副食品很少，只喝油茶水或用油茶水泡冷饭吃，这种只用油茶水、米花的油茶称为淡油茶、素油茶、空油茶。每碗油茶少而精，一轮又一轮，我们边喝边谈，有时喝油茶喝一上午或者喝一下午，都非常正常。酒宴前，喝油茶垫底，喝酒就不伤胃；用油茶代饭，最后几轮可以加米粉、水圆、糍粑等。

据城步民间传说，城步油茶最早始于三国时期。当年蜀国丞相诸葛亮南下南蛮地区即现在的靖州七擒孟获，孟获共有八个老婆，最小的被乱兵所杀，其余七人逃入深山老林，缺少食物饿死六人，余下一人爬入林中蛮子（苗民）的茅棚，蛮子用油茶相救，才得以保住性命，这天正好是农历三月初三。孟获的女人回到他身边后，对以油茶救她生命的蛮人心存感激，将蛮子请到府里为她打油茶吃，孟获下令每年三月初三举行油茶会，以示纪念，三月三油茶会习俗流传至今。孟夫人成为城步油茶鼻祖，被称为油茶之母。两千年过去了，城步油茶比过去用料更精美更复杂，味道更醇香。现在，三月三的油茶会、山歌会规模空前庞大，苗乡大地处处传唱油茶歌，人人跳油茶舞。

城步南部山区以油茶为最，油茶是迎宾待客时必备的饮食佳品，饭前必食的饮料，咸、苦、辛、甘、香五味俱全，原生酮茶叶用水煮后擂烂过滤，佐食盐、葱、姜、山苍子等烧成浓度较大的油茶汤。城步一天中吃油茶的时间有地区差异，三区中午吃油茶，四五区早上中午都吃。吃油茶后再吃饭，吃油茶不仅拉近乡邻关系，而且是待客的好方法。晚上吃油茶的很少，只有重要的节日和来了客人才会打油茶，表示对客人的重视和热忱。

　　城步油茶世代相沿，形成一套完整的饮食习俗，具有浓郁的地方特色礼仪习惯和饮食文化。据当地老寿星说，"喝清茶多了胀肚子，油茶吃多了神清气爽"。当地盛行一句顺口溜："香油芝麻加葱花，美酒蜜糖不如它。一天油茶喝三碗，养精蓄力有劲头。"苗家打油茶、吃油茶有一定的茶规，来客打茶，苗家人热情好客，不管是远村近邻还是生人熟客，只要踏入苗家大门，主人便立即丢下手头活计打油茶相敬，体现苗族同胞热情好客、以礼待人的优良传统和美好心灵。

　　苗族人家打油茶的形式多种多样，内容丰富多彩。他们打油茶实际上是做油茶，每道油茶都要经历五道程序，为点茶、备茶、煮茶、配茶、奉茶。油茶最基本的原料是阴米、茶叶，这些要事先做好。糯谷收割完，要趁好太阳晒干，不能霉坏、潮湿，一次性几天晒干，打出糯米，经过筛选，只选择颗粒完整的糯米，浸泡六至八个小时，用木甑蒸熟，在竹盘播散，在阴凉处晾干，搓散即成阴米，炒至略带焦黄、酥脆，用底加石灰或木炭的瓷坛保存。春夏之际，茶树长出新芽，茶叶长到一指宽就开始采摘，有的是一芽一叶、有的是一芽两叶，放在锅里煮一滚，舀出来浇上米汤水，捏成一团一团的饼状物，即成茶饼，晒干即成。

　　打油茶，第一是点茶，打油茶用的茶叶有两种，一是专门烘炒好的茶末末即茶碎末，二是选用茶叶幼芽尖即茶末，根据季节和个人的口味爱好，在打油茶的时候可以选择茶叶。第二是备茶，除茶叶和阴米外，还要准备鱼、肉、芝麻、花生、葱、姜和茶油等原料，黄豆、花生、红薯片等要炒熟或用油炸脆，糍粑、蕨粑煮熟或炸松脆。第三是煮茶，锅洗干净烧热，放油等冒青烟，倒入茶叶翻炒，茶叶发出清香味，加芝麻、花生米、生姜等原料翻炒，将茶叶捞出用擂钵擂碎，再倒入锅中，加盖煮沸三五分钟，煮成浓茶汤，起锅时撒把葱、姜，鲜、香、爽三味齐出。第四是配茶，打好油茶分别放上各种菜肴或食品，有鱼子油茶、糯米油茶、米花油茶、艾叶粑油茶等类。在描画的红漆茶盘中摆好茶碗，将各种主料分放碗中，主料不宜太多，再冲入滚沸的茶汤，撒上葱花、胡椒粉等佐料，即成闻名遐迩的苗族油茶。特别是款待高朋至亲，按当地的风俗习惯要请村里打油茶的高手炒制美味香脆的炸鸡块、炒猪肝、爆虾子等，分别装到碗内，把打好的油茶趁热淋在盛有炒货的茶碗里。第五是奉茶，十分讲礼节，主人快打好油茶时，招呼客人围桌入座，主人彬彬有礼地将筷子放在客人前面，少顷，主人捧着四方红漆茶盘，逐一送到宾客面前，宾客双手接茶，欠身含笑点头致谢，茶杯上刻有号码，你端到哪杯，哪杯就是你的专号，吃完后再按顺序依次放回茶盘，喝下一杯时你就不要端错。主人连声说"记协，记协"，意思是请用茶；客人开始喝油茶，感谢主人的热诚好客，不停地赞美油茶生香可口，边吃边啜，赞口不已。一碗喝光，主人马上添加食物，再喝三碗。苗族喝油茶，有连吃四碗的规矩，每碗代表一季，有四季富足、平安之意。做客苗寨吃油茶，吃了第四碗，若不再想吃了，把碗叠起放好。否则，主人会认为你还想吃，再给你端来第五碗。

　　油茶底汤制好后，根据不同口味和习惯，加生姜、麻子糊、核桃仁、糯米花、红糖、鸡蛋等。有的把麦面、荞面、糯米面与牛油、红糖一起炒熟。吃的时候，用沸茶水冲拌而食。其味油而不腻、香甜可口，饱腹耐饿。过去油茶是跑马帮、赶牛车和外出经商、跑路人的方便食品。他们喝油茶挺讲究。一是敬老敬客，茶客中谁年龄最长、辈分最大、远客稀客，就先敬谁。二是连喝四杯，为好事成双、四季发财。只吃一杯称为"跛脚茶",不吉利,也称单丝不成线,意味着交往不长。吃三杯称"不三不四,四季不到头"。喝五碗喻示五谷丰登,喝六碗表示六畜兴旺,喝七碗象征七星高照,喝八碗为八面威风,喝九碗当祝地久天长。

苗族油茶有香、咸、苦、辣、甘等味,清晨喝了充饥解渴,晚上喝了提精养神;炎夏喝了消暑解热,严冬喝了祛湿去寒;劳作前喝了添劲耐劳,劳作中喝了轻身松气,劳作后喝了消除疲劳。

喝油茶要顺着汤喝,包谷、黄豆、糍粑随汤滑进嘴里。如果只喝汤,汤喝光了,底料得借助筷子、勺子才能吃下。我第一次去苗寨喝油茶,主人们很体贴地奉上筷子或者瓷勺,我借助这些器皿喝完碗底。朋友告诉我,喝惯了油茶的人不需要借助餐具就可以喝干净碗里的油茶。

苗家的米酒

湘西苗族主食大米，兼食玉米、红薯、小米等杂粮。他们很早就掌握了酿酒技术，形成饮酒嗜好，大部分苗寨山民会自制酒，自酿甜酒、泡酒、烧酒等，烧酒、米酒最普遍。在苗族山寨，酒的用量很大，建新房、过年、过节、婚丧嫁娶、祭神、敬神、祭祖等活动都要用到酒。苗族人民多深居简出，吊脚楼多建在山坡上，每天劳动都是上坎下坡，又是重体力活，吃饭时喝点酒，可以调养身体、活经络血。苗族家庭的小孩很少喝酒，苗族同胞到青年时期，才学会饮酒，成年人饮酒甚多。苗族妇女很多喝酒，她们只有在宾客到来或者喜庆节日的时候，主妇才以酒相敬，若客不饮或不畅快，主人则不高兴。即使主人不能喝酒，他们也会酿一两缸米酒储存在家里，

——苗族酿酒有个传说：某人将剩糯米饭放在锅里忘记打出来晒干，外出走亲戚几天后才回来，揭开锅盖一看饭上长了许多白色长毛，并散发出缕缕甜酒的清香，他抓一把尝尝，味道不错，甜中带着冲味。以后，他就照此方法酿造甜酒，慢慢传遍整个苗寨。

米酒

用来招待客人。

　　苗族的酒种类很多，流传下来的有包谷烧酒、水酒、米酒、重阳酒、窝托罗酒、刺梨酒等，受苗族同胞的喜爱。

　　苗族有千余年的酿酒历史，在苗族人民心目中刻骨铭心。抗清民间叙事长诗载："包谷烧酒桌上摆哟。哥兄父老个个喝得醉醺醺。""弯弯的牛角号吹了九十九转哟，包谷烧酒筛过了九十九巡。"苗族多居住在坡地，以种玉米、红薯等农作物为主，用玉米为原料酿制的烧酒他们称为包谷烧酒，这种酒酒精度数高，多为五十度以上，酒性烈，喝了就脸红，为老酒民所喜爱。

　　生活在山谷或者平地的苗族人民，他们喜欢种植水稻、糯谷或者粟米等粮食，用大米或粟米酿制的酒叫水酒，酒精度数低，三十度左右。用糯米酿制的酒叫米酒，酒精度十五左右，性平和，不易醉人，略带苦味。原汁水酒香甜可口，含糖量高，酒精度低，解除疲劳、清心提神，没有泡水之前沁甜，又叫甜酒。在苗族人民中，几乎家家户户都要酿造。

　　苗族人民喜欢在重阳节前后用糯米或小米等酿酒，叫重阳酒。糯米或小米蒸熟，撒上酒曲，发酵成醪糟，即甜酒。放坛内，加适量度数最高的头道包谷烧酒密封浸泡，一年半载后开坛取用。醪糟已化，酒性纯正，其色棕黄，香味馥郁，清甜爽口，黏如糖浆，甜如甘露，口感好，后劲大。埋在地里的时间越长，酒性越纯正。

　　窝托罗酒在苗语里是好喝的酒，又称咂酒，古称打甏，是苗族一种饮酒习俗。咂即吸吮，借助竹管、藤枝或芦苇秆等管状物把酒从器皿中吸入杯内或碗中饮用或直接吸入口中。

乡愁里的
旧食光

生产咂酒，以玉米、苦荞、大麦、高粱等五谷杂粮为原料，并且越杂越好、越杂越香、越杂味越长。把酒曲拌入蒸熟的杂粮中，装入土瓷坛里，把盖子密封起来。坛子外面用肥肉在周围糊上一层，放进一人多深的土坑里埋藏起来。三年后，把酒坛挖出来洗掉泥土，用麻秆插进酒坛中吸食美酒。喝酒时先向坛中注入开水或清水，注满为止；再用细竹管吸饮，接着边吸边往坛里添凉开水。亲朋好友及远方贵客前来，全山寨人就会聚在一起喝咂酒，大家轮流吸，吸完部分酒再添水，直到坛里寡淡无味为止。大家再分吃酒渣，俗称"连渣带水，一醉二饱"。在苗寨饮咂酒时还要唱酒歌，宾主并排坐，轮流对唱，鼓乐齐鸣，热闹非凡。做客到苗寨，遇上喝咂酒，一定要喝到坛中露出酒糟为止，否则主人不高兴，酒量小的宾客往往喝得酩酊大醉。

苗族人说的糯米酒有用上好的糯米蒸熟作母子发酵成甜酒，再用酿制度数最高的头道烧酒掺入甜酒中，用烧酒浸泡，糯米酒酒性纯正，酒色棕黄，状若稀释的蜂蜜，香味馥郁、清甜爽口。这种酒容易入口，入口清甜，不知不觉中就喝醉了，苗族俗称"见风倒"。另一种做法，是把糯米蒸熟晾好，黄色酒曲捣碎撒在糯米饭上，用手搅拌，黄白相间，很好看。洒点水，湿湿的，倒在瓷缸里，放个红辣椒，把坛子封好。一个星期后，白色的酒糟浮起，就可以喝了。再通过蒸馏，得的头道酒刚烈，酒劲大，也有见风倒的功效。

我去城步苗乡，遇到一种甜酒，是用优质糯米蒸熟，冷却拌入适量甜酒曲，放入缸内密封两三天而成的。色白、醇香、津甜可口、营养丰富，产妇吃了能够增添乳汁。

苗家的黑糯米酒很有特色，用苗家代代相传的古老方法酿制而成，为低度酒。过去苗家把它作为待客的上品，从未把酿制的方法向外族人传授。

苗族喝米酒的方法多种多样，夏季用泉水或冰水冲吃，为清泉甜酒，清热解暑、生津止渴、提神醒脑；冬季加姜片、红糖煮沸喝，祛风除湿、散风祛寒；过年时，与切碎的糍粑同煮，延年益寿。苗族山寨流传着一句古话："吃过年粑甜酒，活过九十九。"

苗族人民秉性豪爽，热情好客，酒在他们的心目中是招待亲朋好友的佳品和桥梁，每逢有贵客至，常用自酿村醪以飨宾朋，让大家喝到一块儿、醉到一块儿。苗族同胞觉得无酒不成礼仪，菜肴即使再丰盛，无酒的话主人也感到怠慢了客人，不成敬意。俗语说"酒吃人情肉吃味"，重酒不重菜，只要有酒即使只有酸汤菜或一碟辣椒水都行，客人喝口寡酒下肚也是满意而归。

苗族人发明了牛角酒、拦路酒、双脚走路酒、团圆酒、祝颂酒、交杯酒、送别酒等独特的饮酒礼节和规则。在苗族同胞中，有一个通用的礼仪，即长辈、客人先饮，交杯对饮、换盏添兴是规矩。劝酒时，主人常引吭高歌来助兴，抒发彼此间的感情或叙述族源、史实、歌唱丰收等，他们有呼有应，有领有合，唱一首对一曲，谁唱输谁喝一碗，彻夜不眠，通宵达旦。

苗家山寨有种古老的习俗，苗家人迎接尊贵的客人，要在山寨门口摆上一排用大土碗装好的米酒或者包谷烧酒，请客人喝一两碗米酒再进入山寨。仪式做完，主人说："得罪了，最尊贵的客人！"客人答："请不要客气，我们都是一家人！"这时，山寨的大门打开，拦门人很有礼貌地让开一条路，恭迎客人进入山寨。这便是苗家人的拦门酒和拦门酒的礼仪、规矩。

拦门酒表达苗家人的心诚，像酒一样浓烈，像酒一样清纯，像酒一样温馨和给人力量。拦门酒客人喝得越多苗家人心里越高兴，认为你看得起苗家人、敬重苗家人。山寨的拦门酒，通常有两种酒：一种是包谷酒，苗家人用自己种的包谷自己酿造的。包谷酒浓烈甘醇，喝后脸庞通红发烧，会立刻产生一种顶天立地、豪气十足的男子汉剽悍气魄，这容易醉；另一种是糯米酒，苗家人叫甜酒。由妇女用高寒山区云雾中生长的圆颗糯米酿制，百年老瓦缸密封，酒汁浓稠、清凉、甘甜、味香，口感可人，男女老幼皆宜，不容易醉。到苗家山寨做客，两种酒可以由客人随意挑选。大都男人喝包谷烧酒，显示男人本色；女人吮吸糯米酒，展示女性温柔。

大家敬过酒之后，才可以吃饭。饭后，大家又可以继续喝酒，或以酒作乐。饭后喝酒，喝酒的方式大家可以自己决定，或交杯或猜拳或唱酒歌都可以。大家吃饱喝足了，收席时，大家再喝一次团圆酒。各自拿起自己的酒杯递到右手，左手扶住别人的酒杯，形成一个大圆圈。在一阵欢呼声中由岁数最大者先喝，大家把左邻递来的酒喝干。再把酒杯转换到左手，大家按相反方向围成一圈，喝完酒杯里的酒，这样象征着团结、和睦、友好。

苗族喝酒最有气氛的莫过于"喊酒"，主人及陪客向你敬酒时，大家都站起来"喊酒"。其中一人领喊"呀——"，其他人附和"唷——唷！"连喊三次，你要把碗里的酒喝完。然后，有姑娘将一团糯米饭或一块肉塞进你的嘴里，那热情劲叫你招架不住。

你来到苗族山寨，如果遇上婚宴，就可以看到新婚敬酒的习俗。新郎新娘各有一人相陪，陪郎手中端着一只盘子，盘中放有两双筷子、两碟肉、三个酒杯、一把酒壶。陪娘的盘中有十小碟姜、一碟糖、一碟蜜饯、十只茶杯、一把茶壶。新郎敬酒时，先男后女，每人三杯；新娘敬茶时，先女后男，每人三杯，姜茶、糖茶、蜜饯茶各一杯。如果你去闹洞房，就可以有幸喝到新郎的酒和新娘的姜茶、糖茶、蜜饯茶。

我多次到湘西、湘西南的城步、靖州、麻阳及湘西州等地旅游、考察，多次走进苗族山寨，喝到他们的拦门酒和哑酒，对苗族的米酒产生了一种特殊的喜爱，每次都要多喝两碗。

土家族打油茶汤

土家族生活在湘鄂渝黔交界处,居住在云贵高原东端余脉大娄山、武陵山及大巴山麓十万余平方公里的土地上,以武陵东脉和清江流域为中心。这里山峦重叠,山势险峻,沟壑纵横,溪河密布,海拔在一千米到一千五百米之间。

土家族集中在湖南、湖北、贵州、重庆的五十一个县市(区)。

土家族有八百余万人,仅次于壮族、回族、满族、维吾尔族、苗族和彝族。湖南地区有两百六十余万土家族同胞,居全国第一。土家族有独立的语言、传统的节日、古朴的歌舞、精美的工艺、奇特的乐奏、哭唱的婚丧、特殊的信仰、自身的禁忌、顽强的民族意识和悠久的历史遗迹。一九五七年被确定为单一民族,系氐羌族

——土家人的油茶汤先用食用植物油炸适量的茶叶,炸到纯黄色,在锅里加水,放姜、葱、蒜、胡椒粉等,水烧沸,舀入碗中,加事先炒好或炸好的米花、玉米花、豆腐果、核桃仁、花生米、黄豆、脆哨等,即可食用。

群，属藏语系藏缅语族，有语言无文字，通用汉文，沿酉水流域约二十万人仍使用土家语。

我多次深入湘西州、张家界、常德、怀化等地的山区土家山寨旅游、考察、调研，了解土家族的生活习惯和生产生活。最吸引我的是土家族的独特饮食，他们从喝油茶汤到喝酒吃饭，都深深地吸引了我。

土家山寨的人们热情好客，他们的日常生活以粗茶淡饭为主，客人来了，就要拿出家里的美酒佳酿和丰盛的菜肴盛情款待。冬天，有客来到土家山寨，进门先喝碗开水泡团馓暖暖肚子、垫个底，再以土家特色的美酒佳肴来款待客人。

武陵山区的土家人喜欢品茗，茶是他们生活的必需品，还喜欢豪饮，喝熬茶，用大瓦罐置火坑间熬煮，常年不离，被誉为土家人火炕中的不倒翁。土家人请客人吃茶，是指吃油茶汤、阴米或汤圆、荷包蛋等。我见过的土家茶有凉水甜酒茶、凉水蜂蜜茶、糊米茶、姜汤茶、锅巴茶、绿茶、灯笼果茶、老叶茶、茶果茶、炒米茶、鸡蛋茶等。

我多次到土家山寨做客，发现土家族的家庭主妇是视来宾身份给客人筛茶的，他们对层次、级别颇有讲究，分得很清楚。经常去土家山寨的常客，家庭主妇会给他筛一般茶；如果是贵客来到土家山寨或者是第一次来到土家山寨，家庭主妇就会给他筛鸡蛋茶、甜酒茶等来款待，这种热情往往让客人受宠若惊、不知所措。

鸡蛋茶是土家山寨的高贵礼仪茶，专门用来招待贵宾和女宾。鸡蛋茶用油炸花生米、核桃仁、黄豆、米泡、包谷泡等为主要原料做成油茶汤，再打上三四个鸡蛋，煮成荷包蛋，放入煮开的油茶汤内，就是土家的鸡蛋茶，味道鲜美，最具山村风味。

乡愁里的
旧食光

甜酒茶是土家山寨男人的最爱，多为男宾准备。酷热的夏天，翻山越岭，天热口渴，土家人用葫芦和竹筒到山溪里提沁凉清冽的山泉回来冲糯米酒或高粱甜酒，搅散浸泡成为土家山寨的甜酒茶，非常清凉可口，土家人连酒带糟一起喝，常与来宾同乐。

土家山寨还有最尊贵的蜂蜜茶，多给最亲的人或准备结亲的人喝。土家人喜欢养蜜蜂，蜂蜜成为他们的居家珍藏。土家山寨多建在深山老林中，人们劳作穿梭于山林间，偶尔能遇上土罗蜂的土蜂蜜和结在岩石上的岩蜜，这是千年难遇的人间美味，土家人都会把它留起来招待客人和亲人。客人来到土家山寨，妇女在倒茶的时候，在茶水中加放两三勺蜂蜜或岩蜜，茶水马上甜如蜜。如果主人家有土蜂蜜或岩蜜，那就是客人的口福了。

土家山寨最常见的茶是糊米茶，家庭主妇将浸泡一夜的糯米滤干水用甑蒸熟，倒出来播散，在阴凉处阴干，不用太阳暴晒，这种阴干的米饭粒叫阴米。经过太阳暴晒，糯米饭粒干得比较快，但是有裂纹，炒的时候就会有沙砾包裹其中，吃起来撞到牙齿。阴米多用沙砾来炒熟，把沙砾倒入锅里，灶里烧带叶子的柴火，不要持续大火，只要一把猛烈的火就行。沙砾炒热后，加几滴桐油，翻炒之后，没有冒油烟了，倒入阴米，迅速翻炒，一把火之后，晶莹剔透的阴米爆发成一粒粒硕大的米泡，火烧得好，米泡可以炒到筷子大，火力不足，米泡就只有壮谷大小。炒米放在碗内用开水冲泡、加糖便可食用。土家妇女喜欢把米泡用土布扎紧，放到开水中浸泡，等水冷却之后喝炒米水，有止渴解暑的功效。每到盛夏，土家妇女就要做糊米茶慰劳自己心爱的男人，感谢他为家庭付出的劳累，也感谢他对自己的疼爱，更是一种表达爱情的方法。彭勇行有竹枝词载："三月出蕨初茁芽，枞林九月菌生丫，秋岭红熟累累果，玉涵狸肥味更佳。"就是讲糊米茶的

- 092 -

味道。

　　土家族做米泡还有另外一种方法，叫团饼。糯米用甑蒸熟后，不是立刻倒出来播散，而是倒入一个圆形的模具内，压出一块一块的圆形糯米饭饼，放在竹盘里一块一块地摊开，就着太阳晒干，便成了熟糯米团饼。团饼多用茶籽油炸透，成为一片一片的米泡饼，我一直怀疑锅巴菜里的锅巴最先源于土家族的团饼。腊月里，土家人炸肉、炸鱼、炸油豆腐的时候，也顺便把团饼炸了。把茶籽油烧开，到不冒气为止，团饼丢进油锅里，倏地一下落入锅里，随之油锅翻滚起泡泡，团饼也随之翻出油面，雪白雪白的一片，糯米饭粒全部被炸透。赶紧捞出，放在盆里滤干油滴，吃起来香脆可口。在坛底加木炭或者熟石灰，隔纸贮藏在坛内密封，以备自家吃或待客，或作馈赠品。

　　武陵山区的土家族流传一句俗话："家无油茶汤，顿顿都不香。"土家人制作油茶汤十分考究，仅配料就有食油、茶叶、粉丝、蛋片、黄豆等。先用植物油把茶叶炸黄，加入少量水煮沸，烧成褐色茶浆，再加水稀释烧开，加食盐、大蒜、胡椒、腊肉粒、豆腐块、玉米泡、葱花、姜米等佐料，掺烧沸的油汤，才是土家族的油茶汤。喝土家族的油茶汤清香爽口，冬天可以暖身，夏天可以消暑，其他时候可以提神解乏、疗饥醒酒，很多土家人他们四季不离油茶汤，每日必喝油茶汤，油茶汤像饭一样天天不能少。

　　土家人制作油茶汤叫做打油茶汤，他们家家户户备有一个专门做油茶汤的黑铁锅，平时不用时挂在灶屋里火坑旁的木板墙上，只有打油茶汤的时候才用。土家人从来不洗这口锅，让锅的表面有层厚厚的油汤壳，锅底被油茶汤的油星浸润着，从来没有铁锈。土家人告诉我，只有用长期浸泡油星的黑铁锅才能打出醇香的油茶汤，喝起来才没有其他异味儿。

清代嘉庆二十三间（1819）纂修的《龙山县志》载："有所谓油茶者，取黄豆、包谷、芝麻、米花、腐干、干松茹、腊肉丁，以脂油炮炒之，撩起；下水，油锅内加茶叶，煎数沸，酌碗中，泡诸物飨客以示敬。"土家族有首歌谣道："土家儿女爱唱歌，只因烧了油茶汤喝。"土家油茶汤分备料、打茶糕、熬油茶、敬客、吃油茶、谢茶等程序。

土家人的油茶汤先用食用植物油炸适量的茶叶，炸到纯黄色，在锅里加水，放姜、葱、蒜、胡椒粉等，水烧沸，舀入碗中，加事先炒好或炸好的米花、玉米花、豆腐果、核桃仁、花生米、黄豆、脆哨等，即可食用。土家人制作油茶汤的关键是茶叶质量和茶叶炸的火候，佐料和泡货随客人的口味选择。

打油茶汤的炊具比较简单，农村一口铁锅、一个三脚架、一把锅铲、一堆火就行；城镇需要铁锅、锅铲、火炉。因为生产工具简单，制作起来便捷，在土家族打油茶汤就成了每家每户的主妇和待嫁姑娘的功课，也是土家人评价女人是否贤惠的标准之一，也是土家年轻小伙找对象的标准之一。

我去过湘西州的龙山县，在湾塘乡，土家族的每家每户还有专门装盛油茶汤的罐子，有陶的、铁的、铜的、瓷的，那些油茶汤罐子摆出来，是一件件的工艺品，简直把我震惊了。他们喜欢把装油茶汤的罐子放在火塘里的火星边煨着，罐子从来不离开火塘。土家人在山上劳累一天，回家先到火塘里拿起大罐油茶汤，倒一碗喝了再做晚餐。他们打油茶汤的铁锅和罐子长年累月不洗。

地道的土家居民，他们喝油茶汤，一边喝汤一边吃汤中的花生粒、豆腐干、核桃仁等，配上火星烤好的糍粑，吃起来满口余香，回味悠长，那种幸福感无法言表。土家人喝油茶汤的传统是不用勺子或筷子，端着碗转着圈儿喝，把汤和佐料同时喝完，最多拿根筷子在碗边慢慢画圈,扫下漏掉的。一次性把汤和佐料喝完,喝茶人需要技术,按土家人的话说"舌头上要长钩钩"。

我在大湘西土家山寨喝过无数次油茶汤,每次喝到他们的油茶汤,都觉得是一种生活的享受和无限的舒适。当我闻闻芳香、品品芬味、尝尝那酥脆爽口的茶点、清香爽心的油芬,都让我无限神往他们的生活,真想留下来做土家寨民。

第三辑

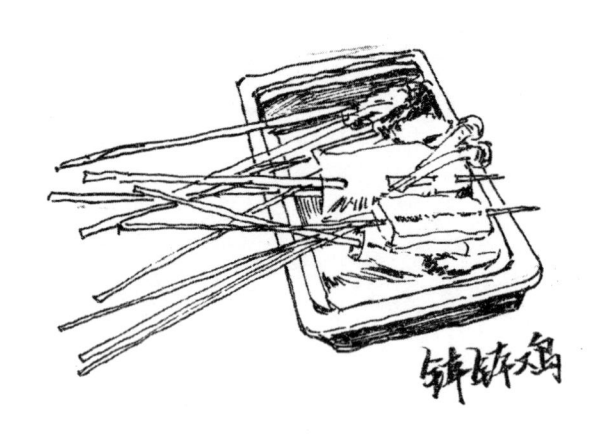

巴　蜀　滋　味
○　○　○　○

回锅肉

我去四川探亲，岳母喜欢做她的拿手菜回锅肉给我与妻子吃。我是一个好肉之人，喜欢大碗喝酒大口吃肉，回锅肉的大片五花肉最容易勾起我的馋劲和欲望。每次岳母炒一碗回锅肉，我都要吃一半。有时候，我们在成都乡下进馆子，妻子也要点份回锅肉，回忆她思念的味道。

回锅肉是川菜的传统菜式，用猪肉烹调，为汉族同胞所喜爱。在巴蜀大地上，家家户户都会做回锅肉。它色泽红亮，肥而不腻，口味独特。在川西平原上，回锅肉又称熬锅肉，即再次烹调的意思。

烹饪回锅肉的主料是猪肉，即昔日比较流行的五花肉，肥瘦比例为三比二，效果最好。现在，很多厨师烹饪回锅肉多用猪腿肉、后腿肉、二刀肉、坐墩儿肉等，

——回锅肉是川菜的传统菜式，用猪肉烹调，为汉族同胞所喜爱。在巴蜀大地上，家家户户都会做回锅肉。它色泽红亮，肥而不腻，口味独特。在川西平原上，回锅肉又称熬锅肉，即再次烹调的意思。

他们选择肥瘦相连的猪肉为原料；辅料根据季节的不同，主要选用青蒜苗、青椒、泡生姜、蒜薹、卷心菜、大白菜、京葱、笋等；调料用郫县豆瓣、甜面酱、豆豉、酱油、菜籽油或猪油等。

四川的回锅肉传到其他地方，慢慢流行开来，成为全国人民都熟悉和热爱的一道著名菜肴。现在，回锅肉的品类繁多，有名的回锅肉有连山回锅肉、干豇豆回锅肉、红椒回锅肉、青椒回锅肉、蕨菜回锅肉、香辣回锅肉、菜根香回锅肉等。我们回归自然，最正宗的回锅肉还是应该用香蒜苗作配料来制作。在巴蜀的山川和盆地，蒜苗在夏秋时节才上市，此时，翠绿的蒜苗又细又长，正是一年中做回锅肉的好时候。在四川农村，在初春时节，也有人用大蒜叶或大蒜苗（葱蒜苗）作配料来炒回锅肉，但如果炒得不好，火候不到位，则有股冲鼻的坏葱味；还有人用大葱替代蒜苗，做大葱炒回锅肉，但这样吃没有蒜苗的质感，若火候到位还有点芳香，第二餐吃时大葱有股臭葱味或大蒜籽味，稍带麻麻的感觉，很容易伤舌头。

做回锅肉，要精选猪肉，选当天宰杀的鲜猪肉，最好是后腿二刀，肥四瘦六，宽约三指，太肥则腻，太瘦则焦，太宽太窄都难成形，炒菜的难度也大。猪肉割下来，清除猪毛。菜锅洗干净，装冷水，放大葱、老姜、料酒、精盐、花椒等吊汤，老姜拍碎，花椒用正宗南路，煮到汤气香浓，再放入洗干净的猪肉，旺火烧沸，改中小火煮至断生，即刚熟为止，捞起让猪肉自然晾凉。不然切时猪肉肥瘦处容易断裂，摸肉的手又很烫，下刀难以切均匀，甚至滑动，也可以用冷水冲凉或冰箱速冻三分钟再切。蒜苗头的白色部位拍破，利于香味溢出，切马耳朵形，绿色茎秆部位切寸节。猪肉切成大薄片，一般长约三寸，宽两寸，一厘米切五块左右。再起锅，放少许植物油，下切好的肉片，煸炒一会儿，肥肉变得卷曲，起灯盏窝状。下豆瓣酱和甜面酱炒香，使肉片上色，油色红亮。先下青蒜苗白色部位，略炒，有香气溢出，再下蒜苗秆绿色部分同炒，放几滴料酒和鸡精增加香味和鲜味。调味时加少许剁碎的豆豉、白糖、味精即可。回锅肉出锅装盘，肉片肥瘦相连，金黄亮油，蒜苗青白分明，翠绿竞秀，色泽红亮，柔软醇香。

做好回锅肉或者说做地道的回锅肉，必须对原料、辅料、佐料有些说明，猪肉为四川本土的土猪肉，蒜苗用成都周边郊县的土蒜苗及犀浦和唐昌的郫县豆瓣、甜酱、德阳酱油或中坝酱油等缺一不可，甜面酱要色泽黑亮、甜香纯正，酱油要浓稠可挂瓶壁。肉片下锅爆炒俗称熬，熬是将炒、爆、煸、炸四法融为一体，使烹制的菜具有由四法而得的风味，必须熬至肉片呈茶船状或卷窝形状，就是成都人说的"熬起灯盏窝儿了"。煎熬要拿准火候，用中火，下肉片后，即下剁细的郫县豆瓣混合熬炒，使豆瓣特有的色泽和味道渗入肉中。肉片的大小是否合适要以筷子夹起时是否会不断抖动为准，达不到这两个标准，这碗回锅肉就是彻底失败的。

热锅中油热到四成温烫就可放肉煎熬，切好的肉片放一阵子会粘连在一起，若要炒散，容易使肥瘦分离，若让肉片待粘连的油化开自己分散又容易造成下焦上腻，煎熬不均匀。可以用漏瓢将肉在煮肉的汤里氽散，再入锅煎熬，肥瘦不断，肉片上有一定的水分可以保持它的嫩软。

老成都煮刀头为了节省燃料，提高效率，大多数人会将刀头与萝卜同煮，煮时不断打去浮沫。他们在做好回锅肉之后，在吃饭时，先吃一块肉汤萝卜，再吃一块回锅肉，荤素搭配，边吃边品味，口感油而不腻，吃了不觉得难受，回味无穷。成都人吃回锅肉，最地道的吃法有两种，一种是下白干饭，吃起来很有满足感；另一种用锅盔夹回锅肉，吃起来有小吃味。

在四川农村，有一些人在家主厨时习惯冷锅放油或直接放生油熬熟后做菜，冷锅热到劲起时油温过高，生油熬熟时油烟已经很大，炝入菜中会大败菜的本味，做出来的回锅肉不是滋味。有经验的人说，做回锅肉要待锅热后再放入熬熟的油，最好是熬熟的菜籽油，与肉中的猪油融合为一，更有煎熬的香味，吃起来也没有那么油腻，菜凉的速度和油脂凝固的时间也要慢些。

回锅肉作为四川的一种菜式，经过不断的演变发展，演绎出诸多菜品，成为川菜的一大味系，王道大行，让人关注。在四川的农村，一家炒回锅肉，全村过肉瘾，那香味浓烈，飘几里不绝，大有与人同乐的气派。由回锅肉派生出来的新派川菜有连山回锅肉、青椒回锅肉、锅盔回锅肉等菜式，与正宗老派的回锅肉相比，味道与式样却不可同日而语，我倒喜欢最正宗的蒜苗回锅肉。

我的妻子说："一盘小小的回锅肉是四川人喉咙里的一只味觉爪子，它紧紧地抓牢远走他乡的游子。当他们身居异地、旅思难消的时候，回锅肉在他们的喉咙或舌尖上轻轻挠几下就能治愈。哪怕是辛劳一天，饿得偏偏倒倒，给他们来盘回锅肉加两斗碗白米干饭，人顿时神清气爽，元气恢复，又可以大声骂人和吆喝。"

除夕,成都飘荡着凉卤味

我与妻子多次到成都过春节,看望岳父母及亲戚朋友,时常与亲戚朋友吃喝在饭店酒馆,尽管去乡间和农村体验过成都民间的美食,但对成都的民间饮食和风俗习惯了解甚少,特别是对乡间的饮食习惯了解得更少。

岳父母是老成都人,在成都度过了他们的青少年时代,壮年时离开了成都,在青海高原地带生活了三四十年,退休后再回到故地成都生活,对成都的民俗风情已经忘却。妻子出生在青海的格尔木,她大部分时间生活在沙漠古城敦煌和南方古城长沙,在成都生活的时间不足两年,若问她成都的生活习惯和民俗风情,她讲不出个所以然。

这次与妻子坐列车去成都,只买到了

——成都农村的人家,把卤好的食材放在厨房的橱柜里或者凉快的地方,借助冬天寒冷的气温保存食材。等春节有客人来访,便拿出卤好的食材,切成薄片,做成拼盘,成都人叫拼一些在盘里。

座位票，同座的几位旅客是老成都人。我们在闲聊中，谈起了老成都的吃喝习俗，不知不觉就讲到老成都人准备年货的习惯和年节时候的吃食话题。同座的几位朋友出生在成都的乡间，有四五十年的老成都记忆，他们告诉我，他们过年主要的食物来源于鸡鸭猪牛四物及其下水杂物，羊狗吃得很少。

成都农村的腊月，每家每户会杀年猪，有猪脸、猪耳、猪嘴、猪肝、猪心、猪肚、猪肠、猪舌、香肠、腊肉等，卤好之后在除夕夜大团圆宴上吃，剩下的留到春节期间招待来访的客人。爱吃鸡鸭的人家，除了吃新鲜的鸡鸭之外，还有的人家喜欢购买鸡翅膀、鸡胗子、鸡爪子、鸭翅膀、鸭脚板、鸭胗子、鸭颈根、鸭脑壳等，利用卤猪肉、猪杂的卤水来卤鸡杂鸭杂。喜欢吃牛肉、牛百叶、牛蹄、牛肚、牛筋、牛肠、牛舌等牛杂的人家，也可以利用卤猪肉、猪杂的卤水来卤牛肉牛杂。

我与妻子在除夕夜八点多才赶到岳父岳母家，岳父岳母还在等着我们回家吃团圆饭。我们到家之后，洗漱完毕，岳母端出十几样菜肴，有猪脸、猪耳、猪嘴、猪肝、猪心、猪肚、猪舌、香肠、腊肉等，全是卤味腊味，并且是热卤，冒着腾腾的热气，还有成都特色菜肴酥肉等热菜。我已一天多没有吃过米饭了，饥肠辘辘，非常饿了。我没讲客气，就大口大口地吃起来，吃了不少卤味。酒足饭饱之后，我与妻子到街上散步，调整一下一天来列车上的紧张状态，走着走着就闻到一股股卤肉味。我们走了几条街，又转了几个广场，空气里还是飘荡着卤肉味，走到哪里，卤肉味就跟随到哪里。我发现：成都整座城市在除夕都掩盖在卤味中，散发着强烈的卤香味。

第二天，也是大年初一，我们早上吃过汤圆。中午，该准备饭菜的时候，岳母想休息一下，把做饭菜的任务交给我。我从冰箱里端出一脸盆卤菜，尽是岳父事先卤好的猪脸、猪嘴、猪耳、猪肝、猪心、猪肚、猪舌、香肠、腊肉等肉类。我再从餐桌上端来十几个卤味碟，相应地根据每样卤菜都切一些补充在碟子里。

大脸盆里的卤肉早已凉了，我边切卤菜，妻子站在一边看我劳作边闲聊，有时伸出手抓块我切的卤肉塞进嘴里，细嚼慢咽地品味卤肉的味道。她吃了几块卤肉后，突然告诉我："老公，卤肉凉着吃，别有一番风味呢！"妻子的这一句话，让我想起了我曾经多次夏天到成都探亲访友时的事情。

除夕和春节都是属于冬天，成都没有西北、东北零下二三十度的低温天，一般在五至十度左右，吃凉卤对成年人来说没有问题，老人和小孩就有点担心闹肚子，所以，一家人聚在一起吃饭时，还是会把凉卤热一热，成为特别的热卤。

成都人热自己做的凉卤，有他们的习惯和方法。把成坨的凉卤改刀切成薄片，在碟子里摆好盘，放进有热水的大锅里，让开水的蒸汽把卤菜蒸热。热后的卤肉，没有原来那么油腻，吃起来却味道齐全，卤香味更浓更醇。

二〇一三年春节，我到德阳绵竹市去拜访好友美食作家彭忠富先生，他带我到绵竹市郊的乡间去吃过一次最地道的坝坝宴。酒宴摆在坝坝里（广场）或者路旁，酒席分凉菜和热菜两部分，先是上清一色的凉菜，凉卤有卤猪脸、卤猪嘴、卤猪耳、卤猪肝、卤猪心、卤猪肚、卤猪舌、香肠、腊肉、卤鸡翅等十二大盘。当客人坐定，上了绵竹产的名酒：剑南春酒、剑南烧春酒。我们边闲话边喝酒，酒过三巡，正式的酒席开始。主人端上来十二碗热菜，又是鸡鸭鱼牛肉羊肉猪肉之类的菜肴。这顿饭，至少吃了三十道菜，吃了两三个小时才算结束。

成都人好吃，却又爱面子讲排场，在酒席、年宴上讲究碗多碟多人多。老成都人及

乡愁里的
旧食光

乡间的老百姓非常好客，他们把家里好吃的食物全部拿出来款待客人，让客人感觉到他们的热情和豪爽。

过大年这样的传统佳节，成都的农村和乡间把它当做一年之中最重要的节日。农村老百姓，每个家庭都要杀年猪。猪身上最多的是猪肉，最少的是猪下水和猪杂。作为一家的父母或当家人，希望所有的孩子和家人都能够吃到这些量少的猪下水及猪杂，这样的传统观念一直流传至今，老百姓越来越把猪下水猪杂视为猪身上最珍贵的食材。腊月里，年猪杀完之后，猪下水猪杂需要保留起来，等到一家人团聚的时候再吃。成都的冬天，天气比较温润，农民无法借助自然的天气和霜雪冷冻新鲜的猪下水猪杂。他们想出了一种绝佳的方法，把新鲜的猪下水猪杂卤起来，等到除夕大年夜，吃年夜饭的时候再拿出来，一家人都能吃到。

卤好的食材，可以在室外常温下存放十天半个月，不变质。成都农村的人家，把卤好的食材放在厨房的橱柜里或者凉快的地方，借助冬天寒冷的气温保存食材。等春节有客人来访，便拿出卤好的食材，切成薄片，做成拼盘，成都人叫拼一些在盘里。春节期间，十几种卤味碟每日一样，从不减少，吃完一些补充一些，每天保持十几碟。

成都人习惯了凉卤的口味，喜欢上了过年的感觉。在酒席和其他节日，按照过年时做卤菜的形式，把鸡、鸭、猪肉、牛肉、猪下水、牛下水等食材卤起来，做成地道的凉卤。这些人是地道的好吃嘴，在成都市区和乡间开设了无数的卤味店，满足那些回味年味的人。

随着时代的发展和人口的流动，为了满足成都人到全国各地那种大流动的需求，成都人在全国各地都开设了自己的四川卤味店，只要你走进最近的菜市场，就可以看到川味卤味店，买到地道的成都卤味。成都人的凉卤已经遍及全国各地的菜市场，已经深入全国人民的生活之中。

妻子随我定居长沙八年，忘不了川菜里的卤味和家人过年的感觉，有时候她自己买些鸡、鸭、猪肉、牛肉、猪下水、牛下水、鸡蛋、鹌鹑蛋等食材，烧一锅卤水，把这些食材卤好，放凉后在冰箱里保存，想吃的时候拿出来切片就可以了。

今年这次年夜饭，让我明白了妻子吃卤肉的饮食习惯。她的凉卤爱好来源于家庭的年夜饭，让我更明白一个人的饮食习惯受当地民风民俗所制约，如果我们脱离民风民俗单独去谈某道美食和菜肴，那就是只谈枝叶不找根源。

夹沙肉

我在四川各地行走了五六年，无论是走在乡间还是回到都市，只要参加亲戚朋友的宴席，都有一道夹沙肉端上餐桌，大家看到新上的热夹沙肉，就连不吃肥肉的女人，都忍不住要夹一坨糯米饭吃上一口，品尝一下记忆中的味道。

在四川民间，凡是遇到婚娶、新居落成、小儿诞生、老人寿辰等红喜事，家人都要操办一顿丰盛的酒席来庆贺一番。旧时，四川农村除了常见的猪肉食材外，牛鸡羊鱼必上满九碗主菜，从而得名九大碗或者九斗碗，后来，慢慢演变成九道菜。

夹沙肉是民间九大碗的主菜之一，为四川民间传统田席菜品，在四川有些地方也叫它甜烧白。与甜烧白相反的是咸烧白，即四川的梅菜扣肉。

——夹沙肉是民间九大碗的主菜之一，为四川民间传统田席菜品，在四川有些地方也叫它甜烧白。与甜烧白相反的是咸烧白，即四川的梅菜扣肉。

- 106 -

民间做夹沙肉，必须选用只有半根排骨处的特级猪五花肉，将磨好的豆沙夹入肉片中，放入拌了白糖的熟糯米整平压实，再放入蒸锅中蒸熟、蒸透，上桌时将海碗扣在盘子上，取走海碗，用彩色果脯等食材略作装饰再上桌。甜烧白白里透红，鲜香甜糯，肥而不腻，丰腴形美，最受老人和怀旧的人的喜爱。

相传三国时候，刘备出蜀，计取樊城，大败曹仁，与樊城县令刘泌共庆胜利，在刘泌一侧站立一位器宇轩昂的英俊少年。刘备问其姓名，乃知是刘泌的外甥寇封。宴间，随军厨役上菜时不慎将肉块遗落在地上，寇封竟随手拾起，转身丢入口中，引起刘备的爱慕，遂收其为义子，改名为刘封。事后，刘备问及刘封："何以见肉落地，不去灰沙，不责下人，随口吞食，是何意也？"刘封答曰："身为将吏，应时时垂怜百姓，粒米片肉来之不易，弃之可惜，士卒厨役，终日劳累，爱之有余，偶有过失，安忍叱斥。"刘封之言甚合刘备之意，父子情从此建立。此事传至军厨，莫不为之感动。军厨为了报答小主人刘封爱民之德，特地烹制了一道夹糖的鲊肉送给刘封吃，以记此事。这道菜后来传到蜀地的民间，民间大厨根据天府之地的物产，对夹糖鲊肉进行了改善和发扬，用四川的糯米和粳米，做成夹沙肉的奠基食材糯米饭，增加四川当地的果脯和特产红豆，为了达到细腻的口感，还把红豆炒熟磨成粉夹入肉中。

岳母根据成都农村的传统制作方法，给我做过一次地道的夹沙肉。在杀年猪之日，选择一块特级五花肉，用烙铁烫掉猪肉上的毛，温水浸泡，刨干净成白玉色，再用热水冲洗干净。把五花肉放入汤锅中，煮至七成熟，从锅里捞出，趁热在肉皮上抹上一层蜂蜜水，把肉晾凉。炒锅上火，放农村菜籽油烧至六成热，下煮过的猪肉，炸至呈板栗色，捞出后沥干油。用锋利的菜刀切成长约八厘米、宽五厘米、厚一厘米左右的薄片，再将

乡愁里的
旧食光

肉片从中切开，只留肉皮相连，成为连皮肉。油锅中下核桃仁，略炸一下，捞出沥干油。把沥干油的核桃仁拍成碎末，将其与超市购买的红豆沙混合，搅拌均匀。选择成都农村的本地糯米，淘洗干净，加水入高压锅煮熟成糯米饭。把蜜饯或红枣等果脯切成小丁，与糯米饭拌匀，在碗底放几颗彩色樱桃果脯。将切好的连皮五花肉翻过一块，在底上一块抹一层红豆沙，再盖上肉片，抹平压紧，皮朝碗底，整齐码在碗内，铺上糯米饭，并且挤压紧，再上蒸笼蒸熟。蒸好之后，从蒸笼里取出装夹沙肉的碗，扣入盘内，浇上熬好的蜂蜜、白砂糖即成。

蒸制夹沙肉，需要大火气足，约蒸一个半小时才能熟透。这样，蒸出来的夹沙肉才肥而不腻，香甜可口，回味悠长。

在四川农村，筵席上多为旧时的八仙桌，每桌酒席上只能坐八个人，一个碗里只装八片连皮的夹沙肉。端上酒席，每位客人刚好一片，不多不少。

离家在外太久的游子，总会不经意地想起这道菜，能够在酒席上吃上一口，那代表家乡就在不远的地方，所以对于很多来自农村、定居城市的四川人，夹沙肉就成为了一种抒发乡愁的载体。

九斗碗

四川农村喜欢把宴席摆在农村田间院坝中进行，四川人俗称田席，为川菜宴席的重要组成部分之一，以大众便餐和家常菜肴为主，以三蒸九扣的形式制作。四川民谣云："破费一席酒，可解三世冤；各啬九个碗，结下终身怨。"九个碗的田席是村民联络感情，化解矛盾的有效途径，也是和睦邻里的社交盛宴。

四川田席始于清代康熙中叶，形成了集体劳作、集体用餐的习惯，逐渐形成一种约定俗成的民规：大家替谁家帮忙就由谁家提供饭菜招待帮忙的人，在田间地头埋灶做饭，帮忙的人围坐一起吃饭，逐渐有了田席的雏形。

直到今天，四川农村的广大地区还依稀可以见到一些人家在农忙季节和亲朋好

——九斗碗行话叫做三蒸九扣，有锅蒸、笼蒸、碗蒸，民间将专做九斗碗筵席的乡村厨师唤做油厨子。

友、左邻右舍相互帮忙抢收抢种、插秧打谷、修房造屋的场景，这种相互帮着一起干活儿的方式叫做换活路，也叫还活路，主人要热情大方，拿出家里的大鱼大肉款待帮忙干活儿的人。这种田席在四川习惯被人们称为坝坝宴、流水席、九大碗、九个碗、九斗碗等。

新春佳节或寒冬腊月行走在四川大地，无论是川东山区还是川西平原的农村，遇到红白喜事，有几十上百的人群聚在一起围坐一张张八仙桌，伸箸畅食，举杯畅饮。旁边土灶上叠起高高的蒸笼，热气腾腾，简易的案板上堆满菜肴、餐具，厨师挥舞着锅铲或菜刀，一碗碗菜肴如流水一样端上八仙桌，主人家不停地招呼客人吃好喝好。

四川民间流行一首《九碗歌》："主人请我吃晌午，九碗摆得胜姑苏。头碗鱼肝炒鱼肚，二碗仔鸡炖贝母。三碗鲤鱼燕窝焯，四碗猪肉焖豆腐。五碗金钩勾点醋，六碗金钱吊葫芦。七碗墩墩有块数，八碗肥肉炕漉漉。九碗清汤把口漱，酒足饭饱一身酥。"

四川各地农村及成都平原市郊，农民把九大碗也叫九斗碗、九大碗，凡遇婚娶、新居落成、小儿诞生、老人寿辰等红白喜事都要办一席丰盛的酒宴招待亲戚朋友和邻里大吃一番。

在清末、民国时期，成都地区流行用大碗来喝酒，每席有九碗菜。民间视九为吉利的数字，喜欢九九长寿、九子登科、天长地久（九）等词语，宴席也喜欢用九字。农村宴席九大碗是起码的标准，贫穷人家放七碗或有钱人家放十一碗，决不放八碗或十碗。因为川西坝子喂猪的猪槽多用石头砌成，把吃十碗作为骂人是猪的隐语即吃石碗；民间开席有叫花子来贺喜或哭丧，他们打着莲花闹走到哪儿唱到哪儿，见什么唱什么，主人家信奉"客走旺家门"的风俗，对前来捧场的乞丐要热情招待，吃的是一人一碗盖浇饭，一张八仙桌坐八人刚好八碗饭，川西民间把放八碗菜称叫花子席。

九斗碗注重蒸菜和腌腊菜，以蒸菜的九大菜得名，有软鲊蒸肉、清蒸排骨、粉蒸牛肉、蒸甲鱼、蒸浑鸡、蒸浑鸭、蒸肘子、夹沙肉、咸烧白等。"斗"字在四川方言里指大的容器，用九个斗碗来盛菜肴说明场面大，并说明其菜多量足。九斗碗用行话叫做三蒸九扣，有锅蒸、笼蒸、碗蒸，民间将专做九斗碗筵席的乡村厨师唤做油厨子。

四川农村九大碗沿袭至今，成村民待客的标准食谱，还涌现出了一大批农村业余厨师。他们平时务农种菜务工养家，且善于做菜做饭，闲时或者寒冬腊月就为人家主厨，备有大蒸笼、大炒锅、大砂罐和几十桌的土陶杯盘碗碟，满足办九大碗之需。一位厨子带几个帮手从天黑杀猪、刨毛、开膛、分割开始熬上一个通宵，第二天早上把酒席摆到客人面前。

九斗碗要吃出味道，吃出氛围，在形式和内容上大有讲究，食客要多多益善，吃饭要如同打仗，声势浩大，人员多，动作猛。

川西九斗碗有干盘菜、凉菜、炒菜等，干盘菜没有水没有调料，是将烹熟的烟熏鸭斩成块，再拼成盘。烟熏鸭是将鸭宰杀治净后放入加有盐、花椒、香料等调料的盆中腌渍入味，取出来用柏树枝烟熏一两小时，再放蒸笼内蒸熟，刚熟不过火时取出，晾冷切块装盘。凉菜也称拌菜，有猪耳朵凉拌折耳根、猪头肉凉拌黄瓜。传统家常炒菜有三道：蒜薹炒肉丝、黄瓜肉片、四季豆干煸肥肠，配时令蔬菜。镶碗用料有鸡蛋、淀粉、豆腐、精猪肉和羹料（木耳、黄花等），把蛋清、蛋黄、肉末等分层搭配制作，形成上黄、中白、下呈肉色的感观，放置于大品碗当中再切块覆盖在羹料上，送入笼内蒸熟，放足佐料上席，酥软柔和，老少咸宜，置于桌中央。墩子为油炸金黄色饼团。肘膀为猪前肘，沸水煮熟，捞出涂上料酒、蜂糖，晾干放入热油锅里炸成金黄色捞出，放卤水锅里煮至烂熟。烧白有甜烧白、咸肥肉烧白、咸瘦肉烧白、龙眼肉四种。全鸡为全鸡炖补药，加当归、人参、山药等。汤菜为鱼片汤，清清淡淡，配绿色葱，淡雅温和，鲜美无比。

宜宾民间九大碗称席口，具有川菜五大流派中大河帮特色，辣味略逊重庆帮，咸味稍浓于成都帮，不似遂宁、三台、南充、广安等地小河帮以油炸为重点，更不像满足盐巴公爷和糖坊老板口味的自内帮，九个碗全部姓猪，配以笋片、品芋、脚板苕等。在旧时宜宾物资不丰，多数平头百姓以请吃九大碗作为最好的口福。宜宾民间以吃九大碗作为宴客的代称。

宜宾九大碗的结构大体是以蒸头碗（攒丝头碗、酥肉丸子头碗、杂抖头碗）、肉扣（烧白）、杂扣（粉蒸肉）为主菜，配猪肚杂及主菜的边角余料，拌以笋、芋、苕或海带、粉条等烧、炒、熘、煸做五碗，凑成九大碗。全为猪肉加羊肉而无鸡、鸭则称大水席。农家贫困者常减去最后上席的红烧肉以头蹄下水为主则叫水八碗。富有者显阔绰，在头碗内加主料分别称蹄筋席、竹荪席、海参席、鱼翅席等，以示档次高。有的在最后一道菜上做文章，加以菇子蒸鸡、膀、海菜称菇子席，烧砂火锅叫火锅席，最高档的则从昭通等地请来名厨办烧烤席。

宜宾民间的九大碗曾几番风雨几度春秋，最初的是蒸芋头、蒸茄子、蒸红苕素三蒸。后来增加猪肉入菜，成为蒸鲊肉、蒸扣肉、蒸夹砂肉荤三蒸。九个碗从雏形到成形的早期，主要以猪为原料制作，乡民常说九个碗的菜都姓猪，再配以竹笋、芋头、红苕等各类蔬菜。随着生活水平的逐渐提高，九个碗越来越丰富，水产品如鱼、虾、蟹、甲鱼、鳝鱼等，禽类如鸡、鸭、鹅、兔、鹌鹑等，畜类如牛、羊等被广泛应用到九个碗里面。

新中国成立后，合作化时期，人们生活比较好过，九大碗依然流行。三年困难和十年浩劫期间由于物资匮乏，粮食定量，猪肉凭票，九大碗停办，有时民间红白喜事勉强拼凑九碗，无非是菜多肉少，豆腐、瓜果、红苕、包谷饭而已。从20世纪80年代以来，九大碗基础牢固，更加普及。20世纪90年代，九大碗大换包装，由猪肉为主推广到以鸡、鸭、鱼、海菜为普遍，由九个菜发展到几倍，旧式九大碗仅残存在部分农村。

泸州饮食以清谈、清鲜的菜品为主，多采用蒸、烧、烩、炖等可大批量制作的烹调方法，以小煎小炒的烹调方法为补充。泸州农村宴席桌子数量有限，一次坐不完，需要头排吃过后快速收拾出来摆二排，甚至三排、四排。头排、二排、三排是泸州农村筵席的俗语，就是第一轮、第二轮、第三轮的意思。让没吃的人有桌席接着吃，第一轮的人吃过，第二轮、第三轮的人接着吃。

在泸州，称田席为九个碗的较多，不论是生周满十（生指生孩子，打三朝、做红蛋酒；周指小孩满周岁；满十指过整十岁生日，如六十、七十、八十大寿），还是红白喜事或者新春年酒、清明会、打火炮（修房、开业、买车、考上大学）、拜师出师、过继儿女等筵席基本都是做九个碗。泸州桌席既要上菜快又要显得有档次，只有多用三蒸九扣的菜，三蒸九扣是指蒸菜多、扣碗多。九个碗不单纯指九个碗的菜，遵循《周易》里九是阳数、极数，代表最大，泛指很多，菜品丰富。九斗碗指过去用九个斗碗装菜，斗是大的意思，斗碗比扣碗大，算是大碗一类，用在筵席上表示菜装得多，显得大方，不小气；装带汤的菜肴用品碗，品碗是比斗碗还要大的碗。

泸州农村宴席继承川菜田席的传统风格，菜品以三蒸九扣为主，是川菜宴席的重要组成。随着人们生活水平提高，原料使用越来越广泛，甲鱼、鹌鹑、鸽子、白鳝、鳜鱼、鲈鱼、羊肉、泥鳅、虾、蟹、燕窝、鱼翅、海参、鲍鱼等高档原料不断应用到九个碗中，尤其甲鱼人工养殖后，目前农村九个碗宴席都必用甲鱼和鹌鹑蛋一起清蒸，取名甲鱼抱蛋，成为新九个碗宴席三蒸九扣菜品之一。以前用的草鱼改为鳜鱼或鲈鱼，采用清蒸淋豉油的烹调技法成菜，豉油用传统四川豆豉炒香后淋上。

泸州九个碗的格局以大鱼大肉为主，荤菜里有素菜搭配，纯素菜很少。他们平日里常吃素菜，遇到一次九个碗等于打牙祭。红喜事九个碗菜式由干碟、凉菜（盘子菜、盆子菜）、正菜、尾菜构成。干碟分两类，两类干碟都要有，一类是糖果即干果，常用的有瓜子、花生、开心果、干桂圆、各式杂糖、蜜饯、橘子、苹果等；另一类需厨师做，有糖粘花仁、糖沾羊尾、糖油果子、怪味胡豆、怪味排骨、麻辣排骨、干炸酥肉、干酥河鱼等，干碟不带汤汁，能打包揣荷包里带走。凉菜以荤菜为主，素菜为辅，素菜凉菜的数量很少，有凉拌土鸡、凉拌家鸭、凉拌鲜兔、白水腊肉、腊猪内脏（腊猪舌头、腊猪鼻子、腊猪耳朵、腊猪心、腊猪肝）、腌牛肉干或香卤牛肉、香卤凤爪、香卤鹅翅、卤猪耳朵、卤猪尾巴、卤鸡、卤鸭（包括卤鸡鸭内脏）、卤豆腐干、凉拌三丝等；正菜又由蒸菜、烧菜、烩菜、炖菜、煨菜等组成；尾菜由炒菜、煮菜、凉拌素菜、泡菜等组成。整个九个碗的菜要以大鱼大肉为主角，素菜只是解腻的从属地位。

热菜的数量多少由主人家自定，传统的九个碗依上菜顺序：蒸酥肉、扣鸡、扣鸭、三鲜汤（银耳汤）、鱼（糖醋鱼或蒸鱼）、膀（肘子）、夹沙肉（甜烧白）、酒米饭（甜糯米饭）、鲊笼笼（粉蒸肉、粉蒸肥肠、粉蒸排骨）。九个碗出菜时，间插着出其他的烧、烩、炖、煨、煮等不过蒸笼蒸的菜，有清炖蹄花、排骨炖藕、大蒜肚条、红烧鳝鱼、干笋烧牛肉、芋儿烧鸡、香菇烧鸡、魔芋烧鸭、大蒜烧肥肠、土豆烧肉等。咸烧白是九个碗正菜的最后一个菜，再是尾菜，先下饭菜，接着是素菜汤和凉拌素菜，最后是泡菜，有的没有煎炒类菜品，咸烧白之后直接上素菜汤和凉拌素菜。下饭菜为二至四个小煎小炒，有蒜苗回锅肉、莲白回锅肉、芹菜肉丝、青椒肉丝、蒜薹肉丝、韭黄肉丝、莲白肉丝、榨菜肉丝、刀豆炒肉、莴笋肉片、棒菜肉片、蘑菇肉片、木耳肉片、肉末四季豆、肉末酸豇豆、泡椒鸡杂、火葱猪肝、火爆肥肠、番茄炒蛋等。素菜汤有萝卜汤、大白菜汤、儿菜汤、豌豆尖汤等。凉拌素菜有凉拌莴笋尖、凉拌折耳根、凉拌豆芽等。泡菜为跳水泡菜，用仔姜、黄瓜、白萝卜、胡萝卜、甜椒、儿菜、芹菜等切丁后和野山椒一起用泡菜水泡制一晚时间即成。素菜汤之后泡菜之前，还有一碟自家做的红豆腐乳。筵席最后一个收尾菜固定是泡菜，泡菜上桌，整个筵席上菜结束。

  我在四川各地行走，在川西、川东、宜宾、泸州等地吃过多次九斗碗，它们都各有区别和联系，时间相隔较远，现在只能略凭记忆来记录展现川蜀农村风貌。

酥肉

每年春节前后去成都探望岳父岳母，他们在招待我们的餐桌上都会摆一道同样的菜肴，那就是酥肉。我比较喜欢吃酥肉，无论是蒸着吃、煮汤吃或煮莴笋、煮豌豆尖、煮芹菜叶等，我都很喜欢吃，一餐要吃几块。唯一不习惯的是岳父喜欢在炸酥肉的时候，在淀粉糊里加些花椒，有的时候花椒加得特别多。我在吃酥肉的时候，一定要把花椒挑掉再吃。不然，我把酥肉送进嘴里，一不小心咬到淀粉糊里的青花椒，它就会在我舌尖上爆炸开花，我的嘴巴会麻木一阵子，并留下苦涩的味道，很不是滋味。

我们在长沙生活的时候，妻子也喜欢做炸酥肉、炸肉丸子之类的川菜吃。妻子做酥肉与岳父截然不同，妻子炸酥肉的食

——上好浆的猪肉用筷子一块一块夹起放入沸腾的油锅里，让裹了淀粉的猪肉慢慢从锅底浮上来，直到裹的淀粉炸成金黄色，再捞出来，颜色慢慢变淡，更加鲜艳。

材多为仔排骨和特级五花肉,她不在淀粉糊里放花椒,姜葱都少,酥肉上勾的淀粉糊比较薄,还要加纯鸡蛋清。妻子炸出来的酥肉比较嫩,颜色浅黄鲜艳。炸好的酥肉用盆碗盛着,我们多用来开汤,与蔬菜同煮,经过久煮,酥肉煮透,味道就出来了,有股米粉肉的浓郁香味。

我多年在四川各地行走考察饮食,知道酥肉是四川民间宴席九斗碗的九碗主菜之一,在川西、川东以及宜宾、泸州等地都是以蒸酥肉上席。四川农村厨师做的酥肉讲究看相和成块,质量比较大,块头巨大,形如巴掌,一块酥肉可以装半饭碗,酒席上的一斗碗蒸酥肉,一桌人每人必须有两块。农村厨师蒸酥肉,采用蒸笼来加热和蒸熟,一层一层的蒸笼垒叠起来,垒上十几个蒸笼,形如宝塔。农村大办酒席,厨师把酥肉端上蒸锅,一蒸就是三四个小时。酥肉里的五花肉完全蒸熟蒸透,肉香浓郁,肥肉的油脂渗出储存在淀粉糊中,面糊糯柔泡软,松酥可口,香酥嫩滑,清新爽口,肥而不腻,加上气孔中的水蒸气,有股极其清新的气息,让人吃后舒适。

在四川农村,炸酥肉从形状上分坨坨酥肉和门板酥肉两种。门板酥肉是用猪身上最厚实的肥膘肉切成大块裹淀粉糊来炸的,炸出来的酥肉一块块抻抻抖抖的像一块门板,极有质量和看相;坨坨酥肉是用五花肉切成小片或者排骨裹淀粉糊来炸,酥肉块小,像红烧肉大小,一坨坨的小长方体。

我妻子在家里做酥肉,她最喜欢用我买的精五花肉,特别是那种特级五层的五花肉或者标准三层的五花肉,这些五花肉上的肥肉不亚于肥膘肉,肥肉炸后油香更重,精肉分布均匀,有质感和鲜香;炸好后,酥肉里的肥肉不油腻,精肉不柴。我把五花肉切成一厘米的厚片,大小如火柴盒,加盐、味精、姜、葱调味,裹上淀粉,加鸡蛋或者鸡蛋清搅拌，放油锅里炸，炸到肉块浮起，淀粉纯黄色即可。酥肉不能炸得太老太干，只要炸到八成熟即可捞起，炸得太老看相不好，炸得太干精肉吃起来很柴。

炸好的酥肉除了酒宴上整块蒸着吃或者煮着吃，其他时候做菜肴，还要进行改刀，把炸好的酥肉块切成小块或者小片。切好的酥肉摆在斗碗的碗底，再在酥肉上放些土豆或莲藕都行，土豆和莲藕要切成小块或丁，也可以滚刀切，再用大火蒸熟。蒸酥肉，农村厨师都知道，使用的是蒸汽，一定要生大火，灶里的火力大，水蒸气循环交换得快，酥肉蒸出来的效果才最好，淀粉糊里的气孔蒸入的水汽就多。蒸好的酥肉，用一个碗口对口盖上，将两手的手指顶着两个斗碗的碗底，翻转过来，土豆或莲藕在碗底，成了垫底；上面盖的是酥肉，成了罩子。

乡村的农民，他们喜欢用酥肉煮汤，做出来的菜肴荤素兼顾。蔬菜洗干净，炒几滚之后，加入清水，把酥肉直接加入锅中，盖好锅盖。等酥肉煮透之后，连同蔬菜一起舀到大碗里，青菜浮于表面，酥肉里饱含汤汁。比较讲究的家庭，还会在汤汁里加醋、葱花、姜末等调料，酥肉的汤汁更加鲜艳味美。

我问过很多有经验的农村厨师，他们告诉我，酥肉最重要的是要去掉猪皮。如果切肉的时候连皮切在肉里，炸过之后猪皮嚼劲十足，韧性加强，嚼不烂。在农村和郊区购买的五花肉，多是带肉皮的，我们在切块之前，要先去掉肉皮；在城市购买的五花肉，多是剥皮猪肉，没有肉皮。酥肉调料的时候鸡蛋和豌豆粉（淀粉）的比例很重要，鸡蛋在制作中使酥肉成形，能增加口感和色泽，但鸡蛋太多炸出来的酥肉比较绵，豌豆粉太多炸出来的酥肉很脆，没有嚼头。农村厨师炸酥肉使用淀粉，多用自制的红薯淀粉，这样更具有乡土气息。

我个人认为，炸酥肉只是初加工过程，即原料生产，最重要的还是菜的制作过程，特别是酥肉煮汤，如果没有煮到位，酥肉的香味则无法被激发出来，肉质生硬，也许内里还带有血丝，汤清澈见底，菜味被淀粉糊吸收，寡淡无味，与白开水无异。

我煮酥肉汤，喜欢煮到汤汁成奶白色，让汤的香味、鲜味、甜味全部出来，汤汁中的青菜叶子给口腔带来一股清新的气息，我只喝汤都感觉很美。如果酥肉的肥肉如煮后的油渣一样橙黄透明，却又没有炸出油来，这样的酥肉则香味浓郁醇厚，鲜甜咸香，是极品了。

我们在家做酥肉吃，我负责买肉和切肉，妻子负责上浆和炸酥肉。她炸的酥肉漂亮，颜色和生熟度把握得好，而煮汤做菜的工作我来做，分工合作才有美好的味道。

双流肥肠粉

我每次到成都，亲戚朋友都会给我推荐成都市双流县的肥肠粉，还告诉我只有冒节子的肥肠粉才最正宗。

我在全国很多地方吃过肥肠粉。几年前，我在长沙市河西英才园吃过一碗肥肠粉，记忆深刻；二〇一三年，我在贵阳考察小吃时，也吃过一碗肥肠粉，记忆犹新。无数次到成都出差或探亲访友，唯独没有吃过成都的肥肠粉。他们推荐了七八年，我很想有机会去品尝双流的肥肠粉。

我有次与妻子回成都，准备到岳母家接孩子回长沙。大年初一，我们一家人在成都大街上散步，突然发现熟悉的街边开了一家双流冒节子肥肠粉店。奇怪的是这家店居然在大年初一这天还在开业，店里的顾客竟坐满了十几张桌子，连街边的几

——肥肠粉用不锈钢碗装着，晶莹剔透的红薯粉条非常柔软，在汤里晃荡，可以看到粉条里的星星点点，粉条上堆着几片肥肠。

张招揽客人的桌子都坐满了人。我想：这家店的肥肠粉一定味道不错。我拍拍妻子，指着肥肠粉店给她看。妻子马上决定，我们第二天早上来吃肥肠粉。

初二早上，我六点多钟就起床。为了去吃惦念已久的双流冒节子肥肠粉，我洗漱完后，又去催妻子起床。

我预计，早上八点去吃早餐，应该有肥肠粉吃了。我们忙完之后，离八点还差几分钟就下楼，外面的光线刚好看得清楚路面。步行来到双流冒节子肥肠粉店，路上没有遇到什么行人，走进店里，已经坐满了人，我们只好在街边的露天餐桌上坐下来。

粉店门口架起两口大锅，一口锅里是滚烫的开水，里面浮着肥肠，汤汁乳白色，不停地冒着热气。另外一口锅是现场生产红薯粉用的，旁边有一个一人高的铁架子，顶着一部制粉机器。一个工人把红薯粉、豌豆粉用温水调好，在脸盆里揉成红薯粉团，揉出韧性之后，放进一个固定的漏瓢里，机器带动一柄锤往漏瓢里挤压，压出来的粉条正好落在下面的大锅里，在开水里煮一会儿，另外一个工人用筷子捞到旁边的冷水槽中，让其冷却，再按一米左右分段。

老板娘把机器刚压出来的粉条放在一个篾织的竹漏斗中，再放入煮有肥肠的开水锅里煮热，等开水锅恢复到冒泡泡时，提出竹漏斗，把加热的红薯粉倒进铺了豆芽和香料的碗里，再舀一勺肥肠盖在上面。

我点了个小碗红油的肥肠粉，老板问我还加其他东西吗，我是冲着肥肠粉而来，当然要吃地道纯正的肥肠粉，不加其他辅菜。成都人喜欢吃红油食物，所以我点成都人的口味——红汤肥肠粉。虽然我看到货架上摆着十几样菜肴，还有各种风味的码子，但我都没有点。

乡愁里的
旧食光

　　我给妻子点了份中碗的红油肥肠粉，这是她的最爱，她曾经在四川工作两年；与我结婚之后，回四川差不多都有我陪着；只有生孩子的这几年，她在成都的时间比较多，也吃了不少美食。我给岳父点了份中碗的清汤肥肠粉，他老人家胃不好，不能吃刺激性食物，我就给他点清淡点的。

　　我们坐下等了不到两三分钟，我们的肥肠粉就陆续端上桌来。肥肠粉用不锈钢碗装着，晶莹剔透的红薯粉条非常柔软，在汤里晃荡，可以看到粉条里的星星点点，粉条上堆着几片肥肠。

　　我拿起筷子，翻动碗里的肥肠和红薯粉，才知道红薯粉下是豆芽菜，分量不亚于红薯粉。我夹起红薯粉送进口里，红薯粉非常柔软，很烫。

　　我突然记起妻子曾经给我解释冒节子：一种说冒节子是开水里煮出的泡泡冒得老高，滚开滚开的状态；一种说冒节子是形容碗里的东西撮尖撮尖的，从碗里冒出来了。

　　我从碗底夹起一筷豆芽菜送进嘴里，豆芽菜已经没有新鲜时的青味，老板事先在开水里烫过一遍，去除了青味，经过肥肠的汤汁浸泡，豆芽中的甜味被激发出来，甜香味正浓，味道很淡，咬起来清脆爽口，咔嚓咔嚓直响。

　　既然来品味双流的肥肠粉，肥肠是这碗粉里最重要的部分，我当然不会放弃品味肥肠的味道。夹起那片乳白色的肥肠，在嘴里细嚼，表面有入口即化的感觉，没有腥臭味和猪屎味，有些肥腻柔软，慢慢嚼来，有点口感，有点嚼劲，虽然味道很淡，却正好适合我。

　　肥肠粉吃到最后，红薯粉丝、豆芽菜、肥肠都吃完了，只剩下碗里的香料。我清理着这些渣渣沫沫，有切成一厘米长左右小段的芹菜茎，味道清脆爽口；有小朵小朵的香菜叶，散发着醇香；有半厘米长的葱茎段，清脆飘香。我慢慢扒着这些香料，细细品味香料中的肥肠味，它们相互渗透穿插。

我虽然只吃了一小碗肥肠粉，觉得量有点少，却极其满足，很想以后再去吃。

钵钵鸡

我与妻子每次回到成都，只要有空闲，我们都要去街上吃些地道的成都食物来抚慰自己的胃，多是冒菜和钵钵鸡之类的市民美食。我们没有特别的要求，一路吃过去，有时一个下午就吃两三家，这不是为了吃饱肚子，而是为了品味哪家最好吃、最地道、工艺最到位，属于品评的范畴。

我们吃钵钵鸡，一连吃两三家就有了对比，知道哪家做得好，好在哪里，两口子有的时候就在岳母家交流，慢慢带出些话题来，岳父岳母给我们介绍哪家好吃，我们就去哪里寻访。一次，在与妻子哥哥吃钵钵鸡闲聊时，他告诉我，他与嫂子也喜欢吃钵钵鸡，并带我与妻子去吃了几家他们认为最地道的钵钵鸡，我吃后觉得确实不错，他还给我介绍了一些有关钵钵鸡

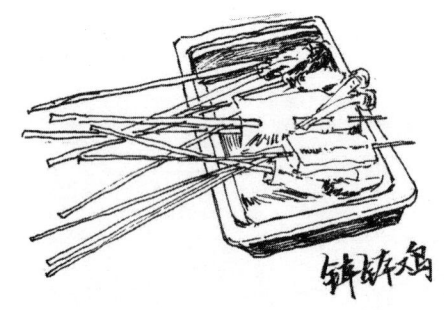

——钵钵鸡汤色红亮诱人，浓香扑鼻，汤面上漂浮着一层麻辣的红油和白芝麻，一闻就让人食欲大增，垂涎欲滴。拿起颤巍巍的竹签，上面穿着的鸡块在吸饱了汤汁之后，红亮的汤汁顺着鸡块滑落在嘴里，激起想吃的欲望。

的饮食文化，让我对钵钵鸡有了深入的了解。

钵钵鸡是成都非常流行的特色小吃之一，在成都市区比较出名的钵钵鸡有钵客藤椒钵钵鸡、祥和祥钵钵鸡等。我开始听到钵钵鸡这个名字，还是二〇〇七年，当时觉得很新奇，就与妻子去吃过一次。钵钵是成都话，就是瓦罐的意思，常见的钵钵外面画着红黄相间的瓷质龙纹图案，钵内盛放着配以麻辣为主的作料和鸡汤，菜品经过特殊加工后，用竹签穿起来，晾冷浸在各种口味的作料中，食用时自取自食或者在鸡汤里煮热吃，除味道悠长外更添了自助的情趣。

走进钵钵鸡店，只见门口摆个大货架，各类已经粗加工的食材用竹签穿好，分别用盆盛着，一字儿排开放在货架上，由客人来选择。客人选好食材之后，店主把各式食材浸在清可见底的汤锅中，锅底是一个火力很旺的大煤炉，汤水不停地沸腾，竹签连食材煮进锅里，一是为了加热，二是为了进一步加工成熟。店主把汤中煮的鸡块、藕片、黑木耳等竹签上穿的食材在熟透之后分批拿出，用盆或碟盛好交给顾客。店家精心调配酱料和汤汁，食客可以蘸上酱料或者把煮熟的食材浸泡在汤汁中，边吃边蘸，吃起来别有一番风味和情调。

钵钵鸡汤色红亮诱人，浓香扑鼻，汤面上漂浮着一层麻辣的红油和白芝麻，一闻就让人食欲大增，垂涎欲滴。拿起颤巍巍的竹签，上面穿着的鸡块在吸饱了汤汁之后，红亮的汤汁顺着鸡块滑落在嘴里，激起想吃的欲望。从竹签上取下食物，芝麻的醇香混合着鸡肉的香甜和辣味在唇齿间泛滥。雪白的嫩藕片和滑爽厚实的木耳在舌尖缠绕，和着鸡汤的香味和麻辣味，那荤素搭配的吃法，让人止不住口，一串接着一串地送进嘴里，吃进肚里。

乡愁里的
旧食光

钵钵鸡的食材原本以鸡肉及鸡杂为主打，如鸡翅尖、鸡爪、鸡脖子、鸡胗子、鸡肠子、鸡心等，随着钵钵鸡的发展，后来与冷串串相结合，增加了许多新鲜美味的食材，有蘑菇、土豆、白菜、魔芋、肉丸、虾饺、鹌鹑蛋、牛肉、鲫鱼等。

成都最初的钵钵鸡出现在玉林一带，在玉林时钵钵鸡还保留着它的原生态，时间久了不免带上了草根气息和乡土气息，随着器皿的改变，常见的土钵钵变成了不锈钢洗脸盆，鸡汤变成了猪棒子骨头汤，签签上串的东西可能看不到鸡的影子了，可做出来的钵钵鸡还是那么好吃。钵钵鸡发展到今天，除了可以吃到皮脆肉嫩的鸡肉以外，还融入了更多的饮食元素，荤素菜品皆可，麻辣清淡皆有。

我们吃钵钵鸡，可以选择自己喜欢的口味，我最早吃到的是红油味型的，油多汁少，还放了不少的芝麻在里面提香，咬起来两颊生香；接着是吃麻辣味型的，麻辣爽口，是成都大众容易接受的传统风味；最近吃到藤椒味型的，它是最近在成都开始流行的一种风味。藤椒可以压腥增鲜，麻而不腻，清香袭人；还有一种鲜椒味型，鸡汤里放了青红尖椒，以汤汁为主，色泽素雅，营养健康，是蔬菜类原料的良好味汁，各色菜肴放在汤料里浸泡几分钟，拿起时鲜油淋漓又不失纯香。鸡翅嫩香，鸡胗脆爽，莲藕清甜，木耳厚实，那独特的风味在嘴里悠然蔓延，通常这类餐馆里还有甜醪糟、冰粉或者莲子银耳汤等甜汤出售，来一碗既可以解辣，又可以减少对胃的刺激。

钵钵鸡源自四川农村，具有纯真质朴的乡村气息，麻辣爽口，食用方便，风味独特，受到四川各地老百姓的广泛喜爱，有着深厚的历史渊源和食客基础。钵钵鸡的食材是鸡，用钵钵盛着，却免不了用竹签签穿着的命运。真正的钵钵是土陶烧的，颇为有形，宽口肚大，高不过尺。鸡必选跑跑鸡，一身跑跑肉，嫩香无比，连骨头都极耐咀嚼。钵钵鸡多选童草鸡，仔公鸡宰杀后去净茸毛、内脏，洗净待用，锅里加葱、姜，水煮沸加黄酒，将鸡放入，煮至断生，将鸡捞出，速浸入冷水中。鸡收干水汽后整理去骨，切成片状，加入调好的调味料，并放入花生酱、红油，鸡片放盆内加入精盐、红油辣椒、花椒、花椒粉、白糖、味精拌和均匀，装入陶罐上桌，鸡肉鲜亮，红白相间，油脂红亮。

邛崃钵钵鸡又称麻辣鸡片，过去常装在锥形的土钵里沿街叫卖，选用当地的公鸡经宰杀、去毛、剖肚、煮熟后捞起来晾干剔骨去头，用快刀片成均匀的薄片，整整齐齐地摆在面盆或大盘里，淋上红油辣椒、炒芝麻、花椒面、豆油、味精、香料、汁水等兑好的调料，香气四溢，让人垂涎欲滴。

乐山钵钵鸡烹制简单，关键在选原材料上，鸡要选放在山野养的跑跑鸡，乐山本地土鸡喜欢活动，常在稻田偷谷、林下啄虫，活动量多，一身腱子肉，嫩香无比。

洪雅钵钵鸡以幺麻子钵钵鸡最为知名，荤菜有鸡头、鸡翅、鸡皮、鸡爪、鸡心、猪皮、牛肉、脆皮肠、火腿肠等，素菜有莴笋、花菜、豆皮、藕片、土豆、海带、海白菜等。在食客吃完钵钵鸡之后，结账时店家以吃后的空竹签计数，竹签分红蓝白三色，价格不一。

我在成都市区的街面上还见到过如凉拌菜一样做法的钵钵鸡，打着乐山钵钵鸡的名号。摊贩推一个大平板车，车板上的盆盆摆成四排，每个盆里装的都是经过加工的食材，已经切好，刀工了得，切得极其漂亮和超薄，有荤菜也有素菜，多的达五六十样菜品，有鸡、猪、牛和各类素菜食材，少的只有二三十样菜品，凭顾客自己选择，素菜八元一斤，荤菜三十元一斤，顾客选好以后，交给店主过称，称完店主再加汤料和佐料，用塑料袋打包，顾客可以直接拿回去食用。

  我在四川行走五六年，扳指算来，也吃过四五十家钵钵鸡，那钵钵鸡的味道还一直激励我继续去吃钵钵鸡。

武隆羊角豆干

我每次从长沙坐火车去成都,经过重庆的武隆站,都在回想一件事情。那是二〇一一年,我送妻子回成都岳母家生产,在火车上认识了一位重庆武隆的小伙子,与之结下一段情缘。

他叫二墩,时年二十七八岁。20世纪80年代初出生在武隆的羊角镇;现在安家在重庆火车北站附近;工作在武隆火车站乌江对岸的路基建设工地,在那里组织施工。

我八月中旬坐火车送妻子回成都,休息两天之后返回长沙。时值暑假,旅游的学生甚多,我从成都上车就没买到坐票,急于回长沙上班,只好买站票。在成都上车的时候,乘客比较少,我找个空座位坐下,到重庆北,一下上来很多乘客,空座

——羊角豆干具有重庆麻辣特色,有开胃等功效,现在有辣、泡椒、山椒、五香、香辣、海鲜、牛汁、金钩、蔬菜、烧烤、烧腊等系列几十个品种,具有口感细嫩、富有弹性、香辣醇正、麻味深长等特点,拥有「鲜真味食品」之美誉,老少皆宜,食用方便。

乡愁里的
旧食光

位全部坐满，过道上也站满了人。我只好挪到车厢连接处，用相机拍点窗外的风景。流经重庆的长江、乌江、嘉陵江等风光很美，我每次经过都要拍几张风景照片。时间已是午后，车过重庆北已是两点多，到涪陵我就支撑不住了，想找个地方坐下，却没有空隙，只好铺一张报纸在地板上，就地而坐，把包抱在怀里。旁边一位年轻人，坐一条自带的凳子，看上去不到三十岁，有些久经风雨的沧桑，却一脸幸福的样子。他看了我几眼，就问："大哥，您是搞艺术的吧！"我一个人独行，喜欢找个说话的对象，就说："跑江湖的，从这里走过几次，喜欢这里的风景，拍几张风景照片留念。"

我们沉默了一会儿，他塞给我几包豆腐干。我撕开一包就吃，觉得与我从超市里买的羊角豆干味道差不多，只是细嫩得多，口感丰富，甜味和咸味自然和谐。我弱弱地问了一声："这是羊角豆干吗？"他很惊讶地问我："您是美食家吧！"我没有正面回答，说："我老婆是四川人，每次回四川，都要买羊角豆干吃，这豆腐的筋道，完全相似，只是质感更细嫩，口感更丰富，甜味和咸味自然和谐得多，应该是手工石磨磨的。"我说完这句话，他佩服得五体投地，用仰慕的眼神看着我，带着几分崇拜。等他回过神来，憨憨地笑着，把自己坐的一条不锈钢板凳递给我，轻轻地扶我坐上，自己蜷缩在地上，久久地看着我。

他介绍起自己，他叫二墩，出生在武隆县羊角镇的一个小村庄，父母务农，闲时做点豆腐为生。他从小读书成绩优异，想靠读书走出山村，做个城里人。父母没有其他经济来源，唯一可以变钱的是出卖体力，父亲在他读小学三年级的时候做了棒棒，给人家去做苦力；母亲操持着一个家，在家里开了家豆腐坊，做石磨手工豆腐，为了方便亲友和游客携带，把水豆腐加工成卤豆腐。在他读初中的时候，羊角镇的豆干名声越来越大，

- 130 -

父亲回来与母亲一起经营豆腐坊，赚点微薄的收入支撑他的学业。直到二〇〇三年，他考入重庆理工大学，才减轻父母的压力。他选择了桥梁工程专业，周末从事家教等赚点零用钱。

二墩大学毕业后，在重庆路桥公司上班。二墩的母亲为了实现儿子做个城里人的梦想，准备筹集购房首付。她改变豆腐坊的经营模式，把豆腐干做成小包装，卖给集镇上的厂家，又建立了自己的销售渠道，放到亲戚的商店里代销，还给儿子规定，每个月有一百斤豆腐干的销售任务。在重庆，羊角镇二三十家豆腐干企业竞争非常激烈，二墩根本找不到销售的门径。二墩为了满足母亲的愿望，低价销售给单位的女同事，自己掏钱补差价交给母亲。有位入职三年的女同事呱呱，与二墩毕业于同一所学校，会品味，又爱吃，能说会道，吃了二墩的豆干，主动提出给他推销。呱呱确实能干，把二墩的豆干推荐给闺蜜中爱吃零食的人，每个月可以销售五六百斤，成为二墩的营销大户。

二墩的母亲到重庆看望儿子，要求二墩带她去见呱呱。呱呱为了满足老人的好奇心，答应见面。二墩的母亲见到呱呱身材高挑、腰臀扎实、相貌可人，就抓着呱呱的手说："闺女，你做我的儿媳妇吧。"这句话吓得呱呱不敢再见老人家，二墩上门道歉，又给呱呱做工作，呱呱答应继续销售豆干。呱呱在与二墩接触一年多后，觉得二墩人实在，做事踏实，有计划有想法。二〇〇八年"十一"假期，呱呱随二墩去了一趟羊角镇，才知道二墩家只有两间泥坯房。二墩在家里极其孝顺父母，手脚麻利，又勤快。呱呱一直想找位孝顺父母，又勤快的夫婿，终于找到了。呱呱决定，回重庆，就要与二墩试着交往，谈谈恋爱，磨砺磨砺他的性情。

二〇〇九年春末，重庆房价最低迷的时候，二墩的父母在重庆火车北站附近给二墩按揭了一套七十多平方米的洋房，一次性交清了首付款十五万元。二墩的母亲再次找到呱呱，要她做自己的儿媳妇，呱呱满口答应，并改口叫妈妈。呱呱全权负责装修，装修好后，想把公公婆婆接到重庆，一起生活。婆婆看了装修好的新房，夸儿媳妇能干，却拒绝她的邀请。几天后，还是回羊角镇，住自己的泥坯房子，做豆腐过日子。

我听了二墩的故事，为他与妻子的孝心而感动。我决定买几斤二墩的羊角豆干送给我的母亲和岳母，让她们也尝尝武隆的美味。

二墩说："您不要买，我送几斤给您吃，如果方便，麻烦写篇小文章记述我母亲，能写到手工豆干最好。"我告诉二墩，如果有机会，我想到羊角镇去看看。

两站的车程，很快就过了。二墩就着车窗告诉我，他的工地在河的对岸，下车打的二十元钱就到。他在下车的时候，把妻子给他专门订做的凳子送给我。我告诉他，我会给他送回来，并相互留下电话。

我回到长沙，十天之后，收到一个包裹，是二墩寄来的羊角豆干，有四五斤之重，全部真空包装。

"十一"前的两天，妻子感觉胎动异常，怕要生产了，就给我电话。我连忙订了去成都的车票，并且带了二墩的羊角豆干和凳子去成都。到成都，妻子没有生产，我在成都住了几天。节后准备回长沙上班，我给二墩打电话，想把凳子还给他。二墩告诉我，他们一家人在重庆过"十一"，正准备这两天送父母回羊角镇，并邀请我去羊角镇玩，我答应了他的邀请。

羊角镇的豆腐干不同于市面上的豆腐干，色泽黑褐色，纯粹豆腐香，块大且厚。现在有辣、泡椒、山椒、五香、香辣、海鲜、牛汁、金钩、蔬菜、烧烤、烧腊等系列几十个品种，具有口感细嫩、软绵、富有弹性、香辣醇正、麻味深长等特点，拥有"鲜真味食品"之美誉，老少皆宜，食用方便。

我到羊角镇才知道，羊角镇做豆腐的人家很多，豆腐的品质很好，特别细嫩，觉得可以与江华的酿豆腐和我老家的煨豆腐相媲美。正宗的羊角豆干，外表光滑，有色泽，嚼起来有韧性，有烟熏回味。五香型的豆干咬劲十足，口感细腻，入口生香，耐嚼有韧性，回味无穷。我们一边嚼着豆腐干，一边看着羊角镇的景色，天空蔚蓝，远处的青山巍峨，在这样的地方，生活显得无比优美。

我在二墩家吃了他父母亲手做的豆干，吃起来细嫩柔滑，豆香满口。我看着那对六十多岁的老人，里里外外地忙着，我非常地敬佩，也想起家乡的父母。中午吃饭的时候，二墩的母亲讲起羊角镇的风俗习惯，这里的人对父母都很孝顺。在晚清、民国时期，羊角镇是码头，很多人靠卖豆干养活父母，现在的人继承了用手工做豆干的方式，也继承了古代的孝文化，一代又一代人在做豆干，就是在传播孝文化。

我知道羊角豆干是一种表达感恩的食物，一直以来，我都把这些故事珍藏在心里，很想找个机会表达出来。

第四辑

豆腐圆子

高 原 味 道
○　○　○　○

凯里白酸汤江团

在贵州的黔东南自治州有句名言："一天不吃酸，哈欠连连叹；两天不吃酸，饭菜不想沾；三天不吃酸，走路打闹蹿；一天一碗酸，体壮爬高山。"据我了解，酸汤类菜肴在黔东南自治州各县市、各民族人民中都很盛行，尤其以凯里市区最为典型，故外界统称为凯里酸汤鱼。

在凯里乃至贵州的社会餐饮中，酸汤主要做酸汤火锅，使用的酸汤分苗族白酸汤和侗族红酸汤。现在，餐饮企业把酸汤发展成酸汤系列饮食，有酸汤鸡、酸汤鸭、酸汤狗肉、酸汤羊肉、酸汤牛杂、酸汤大鱼头、酸汤猪脚、酸汤大肠、酸汤排骨、酸汤螺蛳等，备受贵州乃至全国人民的喜爱。

苗族白酸汤一般用米汤或淘米水加无

——酸汤类菜肴在黔东南自治州各县市、各民族人民中都很盛行，尤其以凯里市区最为典型，故外界统称为凯里酸汤鱼。

叶蔬菜存于水桶、竹筒、瓷缸或坛内放置在火塘边，每天煮饭时把新的米汤或淘米水倒入其中，四五天之后自然发酵而成。快速简单的白酸是将面粉用作发面的老面搓细后放入盆中，加清水充分溶解后倒入锅中置火上，边加热边搅拌，再将糯米粉或玉米面、黄豆面用清水调匀后倒入锅中，待锅中汤汁烧沸后起锅倒入坛子内封好口，放在温度稍高的地方静置一两天，酸汤色泽乳白、酸味纯正。凯里酸汤与四川泡菜水、卤水一样，保存得当，愈存愈香。其实，白酸汤的原理是以米汤为基质，由酵母、乳杆菌、醋杆菌及明串珠菌等微生物共同参与发酵而配制成的天然调味料，即乙醇发酵、醋酸发酵、乳酸发酵的复合产物，吃起来清凉爽口，风味独特。在酷暑难熬的夏季喝碗白酸汤顿觉清爽许多，有益菌群及丰富的营养成分对调整人体肠道微生态平衡，增进人体健康及预防消化道疾病具有营养保健功效。

凯里简称凯，别名苗岭明珠，凯里系苗语音译，苗语称木佬人为凯，田为里，意为木佬人的田。

二〇一三年七月二十九日，我坐K109次列车前往贵阳参加中国餐饮文化大师吴茂钊组织的黔菜考察活动，经过凯里。在凯里上车与我同行的还有中国烹饪大师、贵州民族菜大师、凯里原生态小火锅副总经理龙凯江先生，他与我到贵阳一起参加黔菜考察。

苗族传统酸汤鱼的制作方法是先舀适量的酸汤放入锅内煮开，养鱼的清水缸泡几粒花椒，鱼会尽快吐出肚腹内的脏物，用大拇指卡住鱼鳃，持刀往鱼右鳃与鱼身连接处横割一刀，两手一掰，将食指伸进鱼腹中取出苦胆、肠杂等物，将鱼放入滚开的酸汤中。鱼入锅时蹦跳几下，张嘴将酸汤吸入腹内，输至全身各部位。待鱼煮熟时，放入适量的油盐、辣椒、生姜、木姜花或木姜籽、葱蒜、鱼香菜（野生薄荷）等佐料再煮片刻即可上桌食用，汁浓味鲜，肉质细嫩，非常可口，将酸汤鱼蘸着特制的辣椒水吃，味道更佳。现在，饭店多用火锅烹食酸汤鱼，除用田鲤鱼外，还用清水江、都柳江的野生鱼类，江团成为其特色。

江团剖开洗净，切成个人喜欢的块状，最好略大些，不致煮烂。在锅中加冷水，煮鱼不易煮烂，鱼肉的鲜味才煮得出来，放入鱼，姜、蒜头拍烂，木姜、鲜花椒依个人口味放入锅中。配菜也可同时放入锅中同煮，烧开后约两三分钟，倒入酸，不要搅动，酸烧开后两三分钟加盐，放早了会破坏鲜味，量少些，汤喝起才舒适，色泽鲜艳，好吃爽口，酸开胃，越吃越想吃。

白酸汤的制作不便，通常只有在农家才能吃到，就算是在凯里市区也不容易吃到。

我到达贵阳火车站，吴茂钊派其师弟杨波来接我们。中午，我们一行人步行前往不远处的贵州省政协办公楼后门的凯里原生态火锅餐馆，吃老凯里人做的白酸汤煮江团。我吃过无数次酸汤鱼，还是第一次吃凯里正宗的白酸汤。火锅端上来摆好之后，吴茂钊告诉我们，夏天喝白酸汤可以解暑，是最好的消暑食物，他示范着喝起白酸汤。

我平时不喜欢喝汤，今天遇到难得的美食，也想试试白酸汤的味道。开始来了一小碗，白酸汤米汤水色，飘着淡淡的酸味，我轻轻喝了一小口，那自然的酸味非常容易入口，不会酸得牙齿打颤，也不会让喉咙发紧或生出苦味，酸汤悠悠地滑过喉咙，钻入胃里，刺激着我全身的神经，让我无比兴奋，额头上的汗马上渗出来，流向颈根。

饭店老板罗素红给我们介绍，他们酒店的白酸汤是用清洗糯米的第二次米汤水自然发酵而成，不添加任何的发酵物质，发好的白酸汤只有微微的甜酸味。她在白酸汤发酵好之后，再加木姜子、桄菜、鱼香菜（野生薄荷）等食材，做成煮鱼的酸汤。罗素红说：

"白酸汤是一切酸汤之母，红酸汤是在白酸汤的基础上加野生小毛辣角及其他食材做成，现在市面上流行的是红酸汤，白酸汤反而难以吃到。"

我喝完第一碗白酸汤，就止不住想大干起来。美味的白酸汤我还是第一次喝到，这么好的机会，哪有不喝饱的道理。我是容易被美食引诱的人，喝着煮开的白酸汤，眼鼻口耳一齐派上用场，感受酸汤的味道。

我连续喝了三大碗，喝好了酸汤，才记起酸汤里还有美味的江团。贵阳的江团主要产于从重庆流入长江的乌江上游贵州段。经过酸汤的久煮久炖，酸汤完全渗入鱼的体内，鱼肉饱含酸汤，肉质滑腻，味道微甜，全无鱼腥味，味道极美，真是一种极致的享受。我连续吃了好几块江团，慢慢感觉到，酸汤江团最美味的是鱼鳍，鳍上的肉极其滑爽，无法去咬，只能吸鳍上的胶质，还伴着酸汤汁流入喉咙，美味无限，根本放不下。直到吸完鱼鳍每根小骨头上的滑液、膜、酸水之后，我才愿意吐出这些小骨头，它们全成了干净的透亮的骨头。

我吃得直冒大汗，却还不放手，又继续用酸汤泡米饭吃，一连吃了两碗白米饭，实在撑不下了，才放下筷子歇息。

我后来也在其他地方吃过酸汤鱼，却再也没有感觉到那么美味。

夜市贵阳

　　夜市早已是贵阳城的一种生活方式，让贵阳人显得更加洒脱。贵阳夜市分三类：一是市场小吃；二是酒吧、会所、咖啡吧；三是各种商品。这座四百万人口的城市有人没去过酒吧、咖啡馆、奶茶店、电影院、歌舞厅，很少有人没光顾过夜市。贵阳人仿佛有了一种"不好好吃饭"的习惯，每当夜幕降临，白天安静的街市一瞬间变得人声鼎沸，路边店前停满了小车，市民聚在一起吃小吃。随着天色渐暗，下合群路、青云路上长长的烧烤摊亮起了灯光，行人忍不住驻足观看，食客流连忘返。

　　贵阳人宽容洒脱，只要味道好，不论名门食府或者街边摊点都愿意品尝一番。地道的贵阳人做菜肴犹如初为人母的女人看待婴儿，对食物的诞生和完成充满珍视

油炸臭豆腐

——最能代表贵阳夜生活的是地道的贵阳小吃，它是贵阳饮食的一大主角。旅游观光的人到贵阳必逛夜市，不管多晚，都能在夜市上找到可口的食物。

乡愁里的
旧食光

和呵护。贵阳人做美食极其讲究精致，只要是食材皆能成就一番美味，他们不断追求来满足自己挑剔的味觉。贵阳人有些慵懒、随性、直爽，喜欢品味现成的美食，自己不爱在厨房里蹿跳大费周章。他们穿着睡衣流连在街边摊点觅食填饥，街上的万般滋味尽在口中，三三两两的客人坐定，从东家点烧烤、西家点海鲜、北家点烙锅、南家点甜酒鸡蛋，吃遍整条街。

我去过很多城市，很少见到有贵阳夜市这般令人魂牵梦绕的场景。合群路、陕西路、兴关路、文化路，一到夜幕降临，道路两旁的摊点统一亮灯、起炉，陈列出贵阳系列名小吃，这些摊贩已经摆了二三十年夜市，风雨无阻。最能代表贵阳夜生活的是地道的贵阳小吃，它是贵阳饮食的一大主角。旅游观光的人到贵阳必逛夜市，无论是青云路、陕西路、合群路，还是小十字，每个角落几乎都有着红火的夜市，不管多晚，都能在夜市上找到可口的食物。外地人到贵阳想了解它的美食，一个必要的程序就是逛夜市。食物的热气和香味、酒的酣畅和浓郁、人声的豪迈、头顶树枝的婀娜，全浸泡在橘黄色的灯火和市井喧嚣中，精心绘就了一幅夜半图画。

贵阳夜宵市场广阔，东西南北中都有，贵阳夜市兼收并蓄，北方的锅贴，南方的米粉，只要稍具快餐特点，夜市上就会出现，甚至还有貌似肯德基的炸鸡腿呢！在贵阳，最不缺的就是小吃，不管什么时候只要你想吃，到哪里都有。贵阳小吃分散在各处，不熟的人难以一一找全。贵阳夜市以吃为主，荟萃贵阳传统小吃，逛夜市吃小吃成了贵阳人悠闲生活的一种方式。贵阳稍微大点的夜市都是开通宵，有名的陕西路、小十字、兴关路纪念塔、文化路等夜市一条街，人气比较高的还是下合群路和青云路。在市区以合群路、陕西路的小吃夜市最为集中、最有名气；别的地方，如河滨公园文化路夜市、煤矿村夜市、花果园夜市等也很热闹，品种相当多。

合群路夜市是贵阳最出名的，是规模最大最平民化的小吃街，贵阳的小吃在这里基本上都能找到。灯火初上，合群路就开始忙碌、闹腾起来，人潮如织，吆喝声四起。有贵阳本地特色小吃肠旺面、香辣素粉、丝娃娃、恋爱豆腐果、豆腐圆子等，还有大江南北的综合小吃重庆火锅、铁板烧、虾仔煎等，各式店铺挨家紧临，小吃摊、蛋糕店等都可以找到。

白天的合群路是条很普通的街道，但当夜幕降临，不长的街道上各式各样的摊位就当街摆满，一摊挨着一摊，热火朝天。炸煎烹炒煮，香味扑面而来，我们顺着下合群路口往上走，有爆炒龙虾、铁钎烤肉、炭火烤鸡、迷宗砂锅粉、小林水饺、特色丝娃娃等，每一样佳肴经过摊主巧手伺弄，无不色香味美，惹人垂涎欲滴，站在红红的灯罩下，摊主煽情的吆喝令人驻足。

二〇一三年七月二十九日，我来到贵阳参加中国烹饪大师、中国餐饮文化大师吴茂钊先生组织的毕节黔西北饮食文化和美食资源考察活动，住在仟纳时尚酒店。同来参加饮食考察的还有中国食品报蒋梅老师、中国烹饪杂志社江梅娟老师等媒体朋友和台湾黔菜馆董事长叶国宪先生及贵州当地的几位中国烹饪大师。

晚上十点左右，我与叶国宪先生、蒋梅老师、江梅娟老师一起去探访合群路夜宵美食街，深入了解贵阳的夜生活和饮食文化。我们打的士来到夜宵一条街的下合群路，夜市街只有两三百米长，每家每户都挂着留一手烤鱼的牌子，让我极其惊讶，重庆的刘一手火锅和万州烤鱼是两个不同的事物和概念，在贵阳夜市竟然合二为一，并且极其红火。我们逛了几家宵夜摊，发现其食材和做法都差不多，有卤味、海味、烧烤、水城烙锅等

乡愁里的
旧食光

种类，卤味包括卤棒子骨、猪耳朵、猪尾巴、鸡冠子、猪皮、牛筋、肥肠、小肚、猪舌、猪手、鸡爪、香干、魔芋豆腐、土豆、海带等荤素品种；烤海鲜包括扇贝、带子、龙虾、螺蛳等，多打着湛江海鲜名号，想必湛江是贵州出海通道中最近之地；烧烤包括脑花、腊肠、五花肉、鸡柳、土豆片、包菜、韭菜、豆腐干、西葫芦等。还有贵州特色小吃恋爱豆腐果、竹签肉、饵块粑、牛打滚等。

  我们八点多才吃完晚饭，到夜市主要是了解贵州的饮食情况，并非为了品味和品尝，也就捡些小吃，寻觅了两个小时，只吃了香辣豆花、恋爱豆腐果、竹签肉、饵块粑、牛打滚等美味，这些美食不仅味道独特，很有自己的风味和特色，还有很多故事和历史。我们边吃边了解其历史，吃得更加兴趣盎然，直到十二点才回酒店休息。

  二〇一三年八月二日晚上七点，我们考察完黔西北的饮食文化和美食资源回到贵阳市区，领队张乃恒老先生先回家休息，我们与贵州美食科技文化研究中心主任杜青海先生进行简短座谈和交流后，找了些黔菜资料，与叶国宪先生、蒋梅老师、江梅娟老师等直接去青云路夏都酒店。

  青云路夜市原是兴关路夜市，二〇一〇年迁入青云路。青云路进行了大规模改造，完善路灯，统一设置供电景观灯柱、上下水设施、油烟净化炉具、食品加工摊车、用餐伞棚、摊位招牌、营业服装、垃圾容器和铺设塑胶地毯等，商户摊位增加到两百家，小吃种类繁多，菜色新鲜，青云路夜市从下午五点开业到凌晨四点收摊。

  我们把行李搬到酒店安顿之后，已经是晚上九点多，个个饥肠辘辘。就在我们四人准备出门吃晚饭的时候，吴茂钊、娄孝东、杨波等人来了，他们要陪我们到青云路去吃宵夜，体验青云路夜市。我们先在青云路上寻找了一圈，四五百米的夜市都浏览了一遍，决定先吃杨家坐杠面，杨师傅见我们都是饮食文化研究者，就给我们做了六种臊子的坐杠面，我们想多吃几个品种，最后每人吃了一种。接着是去吃水城烙锅，吴茂钊先生给我们介绍烙锅的产生和发展，娄孝东、杨波去选菜，并搬来一箱冰啤酒，边吃在锅上烙熟的食物，边喝冰啤酒，吹着夜晚爽爽的凉风，额头冒着汗，吃得很有劲，十二点多，我们才散。

贵阳还有几条夜市，各式贵州风味小吃荟萃，如豆腐圆子、肠旺面、恋爱豆腐果、水城烙锅、毕节臭豆腐等。陕西路夜市小吃街不仅是条小吃街，更为突出的身份是贵阳最有名的娱乐街，酒吧、会所聚集于此，吃饱后可以顺道踅进酒吧喝一杯。除了传统夜市小吃街，还有新兴特色小吃街、二七路小吃街，囊括遵义、安顺、毕节、铜仁、黔南、黔东南、黔西南、六盘水等九个地州市的名优小吃，独门独户经营，是寻觅贵州美食的天堂。

在贵阳逛夜市的人三教九流都有，鱼龙混杂，挤挤挨挨地坐在一张长桌上，不知道还以为是一伙的，他们吃着吃着就舌头打卷，自我释放，礼貌地喊你师兄，好像同门弟子。他们挤着撞着起身离开或者归来，若不小心碰到了别人酒杯或者影响他接听手机，就开练了拳脚。

春咬丝娃娃

丝娃娃是贵阳街头一种最常见的传统小吃，也是他们开春季节最喜欢吃的食物之一，他们吃丝娃娃叫咬春。早春的丝娃娃，既有酸辣的味道和蘸水，也有丰富的口感，为贵阳人民所钟爱，也为外地游客所倾慕。

据贵州饮食文化专家吴茂钊先生说：丝娃娃种类繁多，按外形分有丝娃娃、热汤丝娃娃；按面皮分有丝娃娃、富贵丝娃娃；按馅心分有银芽丝娃娃、腌菜丝娃娃、瓜丝娃娃、荤丝娃娃等。我在贵阳的几日，吃过普通丝娃娃、银芽丝娃娃、腌菜丝娃娃等。

丝娃娃因其外形上大下小犹如裹在襁褓中的婴儿，贵阳人故名丝娃娃，又叫它素春卷，被列为贵阳八大名小吃之一。丝

——丝娃娃因其外形上大下小犹如裹在襁褓中的婴儿，贵阳人故名丝娃娃，又叫它素春卷，被列为贵阳八大名小吃之一。

- 144 -

娃娃的襁褓是用大米和面粉烙成的薄饼，薄饼细薄如纸，放在灯下还透明，只有手掌大小。丝娃娃光有做襁褓的薄饼还不够，还要卷入萝卜丝、折耳根、海带丝、黄瓜丝、粉丝、腌萝卜、炸黄豆等素菜及素菜切成的细丝，所有的细丝一般在一寸到一寸半之间，把它们铺于薄饼上，卷起来，把小的底端反转过来，像婴儿的襁褓折起。吃的时候在襁褓中注入酸辣蘸水，整个丝娃娃塞进嘴里，口感优良，价格便宜，备受欢迎。

贵阳人吃丝娃娃的精髓，就是那勺酸辣可口的蘸水。在贵阳寻找美味的丝娃娃，你吃到丝娃娃的区别，就是蘸水的味道不同，整个丝娃娃的味道就有差异。所以贵阳餐馆经营丝娃娃，每家的蘸水都有自己的独门绝招诱惑着食客。

我漫步在贵阳的夜市街头和街头小巷，随处都可以遇到小摊点上的丝娃娃。我在贵阳的下合群路、青云路等夜市行走，有专业做丝娃娃的店家，也有兼做丝娃娃的店家，他们的食材都极其丰富，仿佛在争奇斗艳。白天或者傍晚，众多丝娃娃小摊沿街而摆，长条的摊位上摆满了各种各样的菜丝，那红黄蓝绿青紫黑各色相辉交映、此起彼伏，就像一幅画卷，我曾细细数过，有的摊位上菜丝多达二十几个品种，那菜丝切得极细，像丝线，红白黄黑等各种色彩相间，十分漂亮诱人。

我经过摊前，矮凳上坐着各色人等，他们面色红润、表情慷慨、手脚利落、嘶嘶有声地咀嚼着一个个塞进嘴里的丝娃娃，令人向往并跃跃欲试。摊主不时在食客面前端上一小碟薄饼和一碗独具特色的蘸水及各菜丝，让食客自己把喜欢的菜丝卷入襁褓中，然后舀一勺蘸水灌入襁褓中，马上把丝娃娃放入嘴里，细细品味。丝娃娃外软里脆，酸辣可口，素菜脆嫩，清脆可口，味道复杂，麻辣怡人，入口的瞬间一股清凉沁人心脾，令人无比舒畅，别有一番风味。

很多外地客人来到贵阳，第一次吃到丝娃娃，看着这么多繁琐的菜丝和食物不敢下手，当吃到脆生生、凉悠悠、酸溜溜、辣乎乎味道十分诱人的丝娃娃时，却赞不绝口。我在朋友的循循善诱之下，将信将疑地拿起薄饼，笨手笨脚地夹起各类菜丝，包裹着不成形的丝娃娃，并慌慌张张地浇灌着蘸水，塞在嘴里辣得龇牙咧嘴，脸上的表情夸张恐怖，让人觉得可笑，可吃完一个丝娃娃，又心满意足，欢心跳跃，还想试试。

我在贵阳多日，第一天给我们接风洗尘的吴茂钊先生安排我们在大千纳圆酒楼吃饭，饭桌上有丝娃娃这道特色美食，我们在这里学会了吃丝娃娃。

做丝娃娃的原料是精面粉、绿豆芽、海带丝、酸萝卜丝、大头菜丝、折耳根节、芹菜节、蕨菜节、凉面、莴笋丝、酥黄豆等。调料有盐、麻油、酱油、醋、味精、姜末、葱花等。丝娃娃的制作最重要的是制薄饼，面粉加水搅拌，按六比一的比例，加盐少许，揉匀揉透，平锅烧热刷油、擦干，然后左手抓起面团甩圆并向锅底杵一下，就成直径九厘米左右的圆薄皮，右手立即把圆形面皮揭起，制作数十张薄饼后，放入蒸笼稍蒸一下，使薄饼回软，便于卷和包。家庭制作薄饼可以用电熨斗，面团杵在熨斗底部，很快便弄出一张。菜丝中的绿豆芽、海带丝、芹菜节、蕨菜节等要用开水氽过，如果食材丰富，可以摆几十个菜丝盘子，常见的有凉面、粉丝、酸薹头、酸萝卜丝、胡萝卜丝、脆哨、折耳根、莴笋丝、黄瓜丝等，每种菜丝分别装入一个小盘中，不能搞混。小碗内放入酱油、醋、味精、麻油、姜末、葱花、煳辣椒等兑成蘸汁，如果需要调稀，可以加入冷开水。

食客吃时，可以自己卷，也可以要服务员代卷，作为美食爱好者，最好亲自体验一番，才知其中滋味。薄饼平铺在手掌中，夹各种素菜丝铺在薄饼上，尽可能地种类繁多，不要装满，卷起薄饼，裹紧菜丝，包成上大下小的喇叭形，下面的被子要叠上去，上面还要有个被角立起来，放入几颗酥黄豆，浇淋兑好的辣椒汁，即成丝娃娃。

贵阳人吃丝娃娃，一吃各种配菜的清香脆嫩，二吃蘸水的香辣酸鲜，蘸水用油炸脆花生、油炸酥黄豆、折耳根、葱花、蒜水、姜末、盐、煳辣椒面、花椒油、麻油、酱油、醋、味精等配制。

贵阳除了大酒店有丝娃娃之外，本地人还喜欢去街头巷尾的农家小院吃丝娃娃，飞山街杨姨妈丝娃娃总汇的丝娃娃生意特别红火，很多人都是来此品尝丝娃娃的，店内常常是人满为患，来得晚点还要在外面的长凳上排队等。

据人回忆，20世纪70年代，贵阳就有丝娃娃这道美食面市，面皮中包花生、黄豆、胭脂萝卜丝、胡萝卜、海带、折耳根、绿豆芽、盐菜、大头菜、黑大头菜、酸萝卜、莴笋、黄瓜、韭菜、蕨菜、细粉丝等，佐料有香葱、姜、盐、煳辣椒面、花椒油、麻油、酱油、醋、味精等。

现在，丝娃娃主要在贵阳夜市、农家院落、大酒店的桌面上出现，为外地客商提供了品味的空间。

豆腐圆子

老贵阳人记得新中国成立前有句关于贵阳小吃的顺口溜："豆腐圆子肠旺面，荷叶糍粑糕粑店；一品大包刷把头，沓臊馄饨太师伴；吴家汤圆金羊尾，附油莲米银汤见。"它基本包含了贵阳的名小吃和老字号，有（雷家）豆腐圆子、（程）肠旺、（吴家）油炸汤圆、（镜泉斋）荷叶糍粑、一品大包等知名品牌。

我这次到贵阳吃到了地道的豆腐圆子，朋友告诉我豆腐圆子是贵阳最具特色的传统小吃，以雷家豆腐圆子最为有名，它始创于清代道光二十七年（1847），由江西人入黔的雷家人首创。

雷家豆腐圆子以酸汤豆腐为主要材料，烹饪的做法以软炸为主，口味属于家常味。做酸汤豆腐及豆腐圆子的原料有黄豆、碱、

——豆腐圆子内瓤布满蜂窝，色泽褐黄，外酥内嫩，香醇爽口，趁热蘸食，爽脆嫩滑，香气扑鼻，佐饭下酒均宜，成为一绝，被称为雷家豆腐圆子。

葱、姜、味精、花椒、八角、食用油、酱油、胡椒面、葱花、麻油、醋、辣椒面等，先把黄豆浸泡六个小时以上，磨成浆汁，做成酸汤豆腐，按一定比例加入豆浆、碱水、葱、姜、味精、花椒、八角等作料，搅拌均匀，再捏成一个个鸡蛋大小的圆子，入高温菜籽油炸，炸熟的豆腐圆子色呈焦黄，心似蜂窝。食用前先把豆腐圆子在酱油、胡椒面、葱花、麻油、醋、辣椒面做成的汤汁里蘸一下，吃起来外脆内嫩，其味鲜美。

雷家豆腐圆子风味独特，成为贵阳城闻名遐迩的小吃，长期独家经营，技艺传媳不传女。雷家豆腐圆子店铺从第一代到第三代，一直在贵阳三牌坊，即现在的中华南路。雷家恪守选料原则和制作工序，一直到新中国成立初期，生意都非常好。

经过雷家几代人不断改进工艺，豆腐圆子内瓤布满蜂窝，色泽褐黄，外酥内嫩，香醇爽口，趁热蘸食，爽脆嫩滑，香气扑鼻，佐饭下酒均宜，成为一绝，被称为雷家豆腐圆子。

雷家豆腐圆子的制作诀窍早已公开，第一它的主料均选用上等黄豆磨成浆后，掺少许菜油沉淀质，这样做出的豆腐就比其他人家的白嫩、细致；第二用的香料种类较多，比例适当，除了味精、香葱外，豆腐圆子里还放有花椒、八角、茴香、桂皮、草果、山柰等配制的五香粉末；第三炸制豆腐圆子有一定的程序和规矩，揉捏豆腐圆子时用力要不大不小，锅里的油温要不高不低，起锅的豆腐圆子要不老不嫩。

如今，豆腐圆子专卖店遍布贵阳城的大街小巷，零散摊点不计其数，其他城市的黔菜馆把豆腐圆子当做特色小吃推荐，颇受食客欢迎。

现在贵阳市区酒店宾馆做的豆腐圆子，都经过厨师的加工改造，中国烹饪大师吴茂钊先生的制作方式是将盐、碱、花椒粉、五香粉等放入盛豆腐的盆中，用手使劲揉蓉，至带黏性，加少部分葱花拌匀。揉成蓉的豆腐泥用三个指头轻轻捏拢成索，用食指、无名指并拢轻轻压扁，摆于盘中，每个圆子重二三十克。净锅上火，下油烧热至六成油温，分批放入油中炸成褐黄色，起锅热食。形状扁圆如鸡蛋或圆球，外壳褐黄，质酥脆细嫩，入口脆响，内瓤洁白，五香料之馨香四溢，蘸汁吃味更显滋美。食用时，将豆腐圆子一端用竹刀划一刀口，填入用煳辣椒面、酱油、香油、胡椒粉、味精、折耳根末、葱花等兑成的馅汁蘸食。

吴茂钊先生的制作诀窍是黄豆经淘洗、浸泡、滤浆、烧浆、点酸汤、凝固等工序，制成酸汤白豆腐。制作过程中黄豆夏天浸泡六小时，冬天浸泡十二小时，换清水磨浆，放适量生菜籽油脚渣滤浆，除去豆腥味，用酸汤作凝固剂，使豆腐洁白、细嫩、清香。捏制豆腐圆子时，用力不宜过大，否则壳不脆，质不匀。

在贵阳，豆腐圆子还可以做汤菜，将一个豆腐圆子剖为四份，在汤菜快起锅时倒入滚汤中稍煮片刻，起锅即成。

我吃豆腐圆子，喜欢放由折耳根、葱花、姜末、酸萝卜丁、酱油、醋、麻油、花椒粉、煳辣椒面等调成的蘸水。每个豆腐圆子里放一勺蘸水，把没开口的一端先放进嘴里，先感觉外表的香脆，闭着口咬，咬破豆腐圆子，让蘸水与豆腐圆子混合在一起，把香脆与酸辣混合，在口腔里弥漫、飘逸，蘸水很快就会进入喉咙，被香脆冲淡，接着是完全咬烂豆腐圆子，圆子里的蜂窝非常爽口，带点酸爽，嘴里留下的只有清新，非常舒服。

我现在说起豆腐圆子，口水自然涌出，回味那股清新的感觉。

恋爱豆腐果

豆腐果是贵阳有名的风味小吃之一，把酸汤白豆腐切成长方形块，经适量碱水发酵后，放在有孔的铁片上或者铁丝网上烤制，并填蘸水而成。烤制方法有许多学问，燃料多为糠壳、柏木锯粉、干松枝、木炭等，忌用煤，煤火烤豆腐火力不均，带有煤焦味。制作时铁制烤床上抹油，豆腐块放在铁烤床上要不停地用小铲翻动，以免烤煳和两块相互粘连，翻动中须多加小心，不损坏豆腐果的豆腐外表，保持它表面光滑，烤至皮色黄亮。食用时用薄竹片将豆腐当腰剖开，添进由煳辣椒、生姜米、点葱、蒜泥、酱油、醋、味精等调制而成的作料，趁热吃下，外脆内嫩、咸辣爽滑、满口喷香，不失为一种享受。

现在，贵阳城经营豆腐果的摊点遍布

——豆腐果是贵阳有名的风味小吃之一，把酸汤白豆腐切成长方形块，经适量碱水发酵后，放在有孔的铁片上或者铁丝网上烤制，并填蘸水而成。

乡愁里的
旧食光

大街小巷和夜市，随处都可以品尝到。民间说："没吃恋爱豆腐果，等于未到贵阳街。"每当顾客光临豆腐果的摊点，商贩用一块极薄的钢片或小刀将烤得嗞嗞作响的豆腐果侧面快速剖开，填进辣椒、生姜、香葱、蒜泥、折耳根、麻油、酱油、醋等配制成的蘸水，递给食客。这道美味价廉物美、携带方便、节省时间，为许多贵阳人所喜爱。

我到贵阳的那几日，行走在贵阳城的街头巷尾，经常闻到一股撩人馋虫的烤豆腐香直扑鼻端，如果我循着这股香味一路找过去，走近一看会发现有个豆腐果摊隐藏在街角，小贩在街边摆一只宽口的大瓦盆，上面架着一张铁片网，铁网上是排列整齐的长方形的豆腐片，旁边还有一排烤得鼓鼓囊囊的豆腐块，略带球形，散发出诱人的香味。我总经不住豆腐果的诱惑，在摊点前停留下来。没等我开口，小贩便殷勤地招呼起我来，边说边将烤好的豆腐果盛放在盘子里。铁片网下的瓦盆里，全是铺开的锯末，它们燃烧得正旺，在火舌的舔舐下，水分急速流失的豆腐块发出轻微的吱吱声，如泣如诉，更像一部欢乐的交响曲，在邀请食客的光顾。待白豆腐的两面烤到焦黄色，豆腐就从中间部位鼓胀起来，小贩用锅铲铲起豆腐，翻过面继续烤。我一边挑选烤好的豆腐果，一边看着小贩熟练的操作，嘴巴里的口水直接上涌，馋得口水从嘴角淌出。小贩用竹刀在豆腐的侧面轻轻地划开成两片，填入煳辣椒、折耳根、苦蒜、酱油、葱、蒜、木姜子油、味精等作料，递给站在旁边守候已久的我。等到小贩将盘子递到我手上，我便急不可待地挑起一个豆腐果塞进嘴里，慢慢填上一嘴，一口咬下，又辣又烫，滋味散满口腔。几块豆腐果下去，我的额头和鼻尖已经渗出汗液，口里大喊好爽，直呼再来一盘。小贩高声答应："好，马上来。"

豆腐果添上"恋爱"两字，是来源于抗日战争时期的一个浪漫故事。

一九三九年，我国北部、东部、中部的大片国土沦丧在日本侵略军的铁蹄之下，日军为了进一步扩大侵略，对西南大后方进行空袭，贵阳城成了他们袭击的重要目标之一。二月四日，日军对贵阳进行空袭，警报频繁，有时一天几次。贵阳市郊的东山、彭家桥一带是贵阳人们躲避空袭的藏身之地。彭家桥附近有对年近半百的张华丰夫妇在菜地里搭起了数间茅屋，作为制造烤豆腐果的店铺，他们把做好的烤豆腐果拿到别处设摊和沿街叫卖，还有伙计批发挑到宅吉坝、六广门等地去贩卖。空袭开始后，张华丰夫妇这几间茅屋成了躲避空袭的聚集地，人来人往，十分热闹。张华丰夫妇见到人流如潮，不再上街去卖豆腐果，而是在家做豆腐果卖，躲警报的人四处奔波，往往腹中饥饿，无法回家就餐，就在张华丰夫妇这里吃烤豆腐果。烤豆腐果制作快速，吃法简单，价格便宜，又能充饥，很快成为躲避空难者的理想食物之一。一般人吃豆腐果往往是解馋或充饥，吃完便走，唯有热恋中的青年男女，买盘豆腐果蘸着辣椒水细嚼慢咽、谈天说地，一坐就是半天，总是舍不得走；还有些青年经常在此相聚，多次见面，逐渐谈起恋爱来，似乎忘记了空袭，张家店铺逐渐成了谈情说爱的最佳场所、炮火中的爱情圣地，吃盘豆腐果显得更加浪漫、有情调，一时成了街谈巷议的佳话。

久而久之，贵阳人说起烤豆腐果，就加上恋爱两字，张华丰夫妇干脆把烤豆腐果的摊名改为恋爱豆腐果。也有人给豆腐果做了另外一种解释：豆腐果的味道有些甜，有些酸，有些香，有些辣，有些烫，有些五味杂陈，说不清道不明，却是热烈缠绵让人难以舍弃；好之者甚好、恶之者甚恶，完全没有道理可讲，与恋爱的味道完全一样。吃过豆腐果的人难以忘记它，总是想来吃，恋着它，还常常回味过去与情人、恋人一边吃豆腐果一边说悄悄话的那一番情趣。这个浪漫的名字很快传遍贵阳城的青年男女，他们纷纷前来寻找和品尝，更有来寻找真爱的。抗战结束后，吃恋爱豆腐果的人有增无减，虽然没有战争年代的那样浪漫，却饱尝了美味小吃，大家都很满意。今天，贵阳城的恋爱豆腐果成了当地著名的传统小吃之一，深受当地老百姓和外地客商的喜爱。

贵阳传统制作豆腐果的原料有酸汤白豆腐、折耳根等，调料有煳辣椒粉、酱油、盐、味精、麻油、苦蒜、木姜子、花椒粉、姜米、葱花、碱水等。酸汤白豆腐切成五厘米宽、七厘米长、三厘米厚的长方体块，用碱水浸泡半小时，拿出来放在竹篮子里用湿布盖好，发酵十二小时以上，发酵时间不能过长，用手触摸有黏性感觉即可。再将折耳根、苦蒜切碎，没有苦蒜的季节用葱花替代，装入碗中加酱油、味精、麻油、花椒粉、煳辣椒粉、姜米、葱花等拌匀成作料待用。将发酵好的豆腐排放在专制的糠壳或者锯木灰铁孔灶上烘烤，烤至豆腐两面皮黄心白、内嫩外脆、松泡鼓胀。待烤到豆腐外壳焦黄，像吹进气体一样膨胀起来，成为一个金黄的球形时，摊主用竹片划破侧面成口，舀入拌好的作料即成。豆腐果表面微黄，辣香嫩烫，吃后开胃生津。

贵阳吃豆腐果最有特色的是寒冷的冬天和炎热的夏天。寒冷的冬天，天空飘散着小雪，贵阳人守在飘着木炭香的暖烤炉旁，吃着外焦里嫩香香辣辣的豆腐果，真是"花钱不多，吃个热火"，几个香辣的豆腐果入口，额头上便沁出一层毛汗。炎热的夏天，太阳的余热还在，小贩把刚烤好的豆腐果剖开，在口袋里倒入蘸水，内瓤洁白细腻如豆花，辣香味十分浓郁，烫辣香嫩浑然一体，贵阳人佐以冰啤酒，吃个豆腐果，再猛喝一口冰啤酒，那种冰火交替的刺激无与伦比。

有人断言：没有一个贵阳人没有吃过豆腐果；没有一起去吃过豆腐果的恋人几乎没有；两个人谈恋爱，没有一起去吃过豆腐果的恋爱那不叫恋爱。

肠旺面

肠旺面又称肠益面，肠即猪大肠，旺是猪血，加上面条，三者相加便相得益彰，组合成一道美味，是贵阳汉族极负盛名的一种风味面食。肠旺是常旺的谐音，寓意吉祥。在贵阳众多的小吃中以色香味三绝著称，具有血嫩、面脆、辣香、汤鲜的风味和口感，它红而不辣、油而不腻、脆而不生，让人吃了一直回味。

肠旺面是贵阳城的特色食物，在贵阳极负盛名。最早始创于清代同治初年（1862），在贵阳北门桥一带，那里是老贵阳城的屠宰场所，肉案林立，桥头开有傅、颜两家面馆，他们用肉案上的边角料——猪肥肠和猪血旺做成面食的码子，招徕前来买肉买菜的顾客。两家面馆互相竞争，使肠旺面的质量不断提高，最后在贵阳卖

——肠旺面又称肠益面，肠即猪大肠，旺是猪血，加上面条，三者相加便相得益彰，组合成一道美味，是贵阳汉族极负盛名的一种风味面食。

出了名气，一直到现在都是贵阳人民最喜爱的早餐之一。

据我了解，肠旺面的主要原料是猪大肠、新鲜的猪血旺、肥肉或五花肉做的脆臊、擀制的鸭蛋（或鸡蛋）面条，其中的配料和调料有绿豆芽、三合油、糍粑辣椒、腐乳、味精、甜酒酿、胡椒粉、蒜泥、姜末、葱花、高汤等二十余种，制作非常讲究。猪大肠越肥越好，里外洗净，用盐、醋反复揉搓，将肠壁上的黏状物揉洗干净，再用清水反复浸漂，除去腥味、臭味。码放在木盆或瓷瓦盆中，忌放金属器皿里，把肠子与花椒、山柰、八角等香料放入锅内煮熟，捞出切成指头大小的片，再用姜、葱、山柰、八角等香料放入砂锅里改小火慢炖。血旺要嫩，切成一寸长半寸宽的小片，吃时在汤锅里烫一下。脆哨即用猪槽头肉或五花肉为原料，先削除肉皮，把肉煮熟，肥肉瘦肉分开切成小丁，油锅洗净倒进肥肉丁，加盐、甜酒水，上大火反复翻炒，至金黄色时再下瘦肉丁合炒，炸出油后用冷水激一下，将锅抬起，下少量的醋及适量的甜酒酿入锅转炒，用文火炒十至十五分钟，起锅滤油即成脆臊。油锅中再加入脆臊油、肠子油，旺火烧开，加糍粑辣椒炒出香味，油至红色时，把豆腐乳加适量的水研散倒入，加入姜末、蒜泥，炒转到辣椒炸至金黄色，滗出红油待用。将豆腐干从中横切成两大块，再改刀切成一指半宽的小方块，炸到豆腐干呈嫩黄色时捞出，油再放进砂锅，加适量水兑鸡汤，再加生姜、山柰、八角、料酒、盐等，上文火煨炕即成泡臊。

肠旺面有肥肠制成的肠臊、血旺制成的旺臊、猪五花肉制成的脆臊，用肠油加辣椒油制成红油，形成肠旺面三臊加红油的基本特色。肠旺面以鸡蛋面、猪肠、血旺、脆臊四大原料为本，再调放鸡汤、红油辣椒等作料，经过十二道工序，才能做成一份成品。肠旺面汤色鲜红，面条淡黄，肥肠粉白，葱花嫩绿，豆芽金黄，一碗捧出，使人顿感赏心悦目,待举箸下咽,更是满口生香。送入口里,面条脆细爽口、食不粘牙;肉臊香脆、肠旺鲜嫩、肥肠易嚼、豆芽清爽;辣而不猛、油而不腻;汤鲜味美、回味悠长,方是肠旺面的上品。

肠旺面的面条制作工艺特别,为纯手工鸡蛋面,一斤面粉加四个鸡蛋、少许食用碱及适量清水调和,反复揉搓制成水调面团,放在特制的大案板上反复折叠挤压制成薄如绸缎的面皮,再用豆粉作扑粉撒在面皮上,将面皮折叠起来切成细丝,整个操作过程叫三翻四搭九道切。面条制成之后,立即分团,一碗面成一团,分好团的面即放入瓷盘里,用湿纱布覆盖,以防表面脱水,煮出后夹心不透。

煮肠旺面十分讲究,要求火旺,水滚汤宽。正宗的肠旺面一碗一煮,从不一次煮几碗或一大锅。每碗用面八十克,抖散下在烧至微沸的开水锅中,煮至锅中翻滚时,用竹筷将面条捞起,看是否伸直,伸直就用漏勺捞起,往漏勺中冲一碗冷水。豆芽垫底,灌入鸡汤,放入肥肠、血旺、脆臊、泡臊等,迅速将面条放入汤锅中烫热,让面条收筋后装入碗里,盖在辅料上,淋上红油、酱油,撒葱花、味精即成。

肠旺面的产生受吃刨汤的启发,逢年过节,贵阳人家杀猪都要煮刨汤谢屠夫和前来帮忙的人。刨汤就是将新鲜的猪杂,一般是肥肠、血旺以及小块的猪肉放在一起炖上一大锅,大家吃一顿。肠旺面也许就是在这个基础上经过精细的加工和改良,成为了深受贵阳人民喜爱的风味小吃。

清末民初有四川资阳人苏德胜在贵阳做生意,开了一家苏记德胜馆,专做肠旺面,他改进肠旺面的质量和原料,以面、猪大肠、血旺、肉臊为主要原料,配以辅料二十多种,将油炸小肠改为温火慢炖大肠,并向积荣楼罗海清师傅学习制作红油,从口味上进行香料的搭配，进行精细操作，遂发展为贵阳名小吃苏记德胜肠旺面，并培育了黄亚贵、冯绍先、张绍奎、张少清、吴少雄等弟子，仿效者有学忠面馆、庆和园、逸贤村等；新中国成立前夕的20世纪40年代，贵阳出现过鸡片肠旺面，每碗肠旺面里有数片鸡肉，取鸡汤加猪骨、黄豆芽等熬制高汤，淋灌入面，鲜香无比，肠旺面馆逐渐遍布贵阳大街小巷，最著名者为王家巷罗铁刚夫妇，称为王家巷肠旺面；20世纪50年代，肠旺面继续发展，一九五九年，经济困难时期，商业部门印刷专票作特殊照顾供应；一九六〇年，周恩来夫妇视察贵阳，他尝过肠旺面后，赞扬道"贵州山川秀丽，气候宜人，资源丰富，人民勤劳"；一九八〇年后，肠旺面兴旺发达，陈肠旺等一批个体户声誉鹊起，肠旺面成为贵阳早餐中必备的名小吃之一，以独特的风味欢迎省内外的过往宾客；近年来，肠旺面品种繁多，有鸡片肠旺面、鸡腿肠旺面、大排肠旺面、大肉肠旺面、辣鸡肠旺面及各式肠旺粉等产生，在此基础上，还添加了香菜、香葱、苦蒜、鱼香菜、油辣椒、糟辣椒、烧辣椒等调料和辅料，成为贵阳肠旺面系列美食。

　　如果在小摊点上品尝肠旺面，顾客可以根据自己的口味加精盐、味精、酱油、醋、煳辣椒面、花椒面、木姜子油等，还可以叫一碟泡酸菜、糟辣椒甜泡菜等小菜佐食，或加一个卤鸡蛋、卤豆干、煎鸡蛋等。我个人喜欢用糟辣椒甜泡菜佐食肠旺面。

水城烙锅

水城的饮食资源丰富，有姜汤、烙锅、羊肉粉等，烙锅香辣爽口，味道奇香，开胃可口，油大不腻，备受当地人们的喜欢。最早的烙锅店是一九五〇年在水城开始营业的胡声振烙锅店。

烙锅始于清代，康熙三年（1664），平西王吴三桂调集云南十镇近三万兵马镇压水西彝族土司使安坤。吴三桂打败安坤，彝族老百姓逃往山林，吴三桂的粮草不足，官兵捕杀野山羊、野鹿，采摘野菜，挖土豆等充饥。官兵只好取来彝族老乡的屋顶瓦片和腌窖食物的瓷器土坛片架在火坑上烘烤食物，把猎获的野味和采摘的野菜放到瓦片上烙熟，以充饥。

熟悉六盘水生活习惯的人都知道，在水城的冬天，人们喜欢围坐在铁质回风煤——人们喜欢在煤炉上面烙些土豆、豆腐、荞糊、荞饭等小食物，用来做休闲食物，甚至做主食充饥。烙锅的原料从最原始的野味野菜增加到当地的土特产，有豆腐、臭豆腐、土豆等，吃的时候，也增加蘸五香辣椒面等来调味。

炉周围烤火取暖，还有在炉火上边取暖边煮饭吃的习惯。他们闲暇的时候，人们喜欢在煤炉上面烙些土豆、豆腐、荞糊、荞饭等小食物，用来做休闲食物，甚至做主食充饥。烙锅的原料从最原始的野味野菜增加到当地的土特产，有豆腐、臭豆腐、土豆等，吃的时候，也增加蘸五香辣椒面等来调味。

烙锅是烙熟食物的主要器具，随着时代的发展在不断进步。清末，烙锅是不带边的凹状瓦片或瓷器土坛片；改革开放初期，烙锅逐渐被中间凸状的黑砂锅取代；21世纪，烙锅发展成现在带边沿的中间高周围低的生铁锅。现在的烙锅，必须放到煤气炉上加热使用，点燃煤气之后，在烙锅上放上菜籽油，多余的油自动流向锅边，烙锅烧热，再把食物铺开在烙锅上，烙熟再吃。烙的过程中还可以把周边的油用刷子吸附，刷在锅凸的部位或者边沿，再烙自己喜欢吃的生食物。

现在，我行走在水城的街头小巷，当地市民习惯于在散步时于路边摊或者小店铺去吃烙锅，当地朋友告诉我，他们不分春夏秋冬哪个季节，每天都去吃烙锅。随着专业烙锅店的出现和店铺装修档次的提升，烙锅的消费水平逐渐提高，原料更加丰富，设备齐全，还可以由服务员帮助你操作烙锅烙熟食物；你也可以自己亲自动手，做成自助式的烙锅。我喜欢一家人去吃烙锅，一家人坐在一起，围着一个锅子，可以在一个锅子里吃东西，又可以吃自己喜欢的食物，既有家的感觉，又不繁琐。

我们几个人围着烙锅，锅里的菜籽油烧热冒着青烟，我们便把菜蔬下到锅里。朋友告诉我，一般先烙土豆，其次可以随意烙自己喜欢吃的食物。他们吃过了烙锅，有了经验，为了使土豆好吃，可以在土豆中间烙些小块五花肉，油脂渗入土豆，味道更好。我们边烙食物边吃，我见刚烙熟的食物很烫，叫了一件啤酒，几个朋友便可以边吹瓶子，边趁着嘴里冒着冷气吃烙熟的食物。我觉得喝冰啤酒吃烙锅，怪有意思，并取名冰火两重天。

在水城，也有很多家庭喜欢一家人在自己家里做烙锅吃，称为家庭烙锅。它的制作方法很简单，原料有莲花白、芹菜等蔬菜，猪肉、牛肉、鱼肉等肉类及各肉类半成品，土豆、臭豆腐、碱豆腐、魔芋豆腐、肥肠、鸡翅等；调料有熟菜籽油、辣椒面、花椒、花生仁、芝麻、盐、味精等；蘸碟有五香辣椒面蘸碟、麻辣折耳根蘸水、烧青椒蘸水等。将花生、芝麻炒熟后与辣椒面、花椒一齐捣成粉末状，加入适量盐和味精，花生等佐料与辣椒的比例为二比三，配好后将辣椒面放入小碟中，即为味碟。倒入适量的菜籽油在浅口平底锅或者特制土砂锅中，等油加热到六分热，将蔬菜倒入锅中铺开，反复烙至熟透；在加入肉类时，要先将肉类用酱油、少量芡粉拌好，等油加热到八分热时，放入锅中，反复烙至熟。食用时用烙好的食品蘸水取适量的配制好的辣椒面即可食用，烙制蔬菜与肉类时注意区分火候。

这两年，我去贵州，很少有时间在六盘水停留，如果到贵阳逗留一日，我一定要去青云路吃一次烙锅，满足那种冰火交融的感觉，那种大汗淋漓的爽快。

威宁荞酥

威宁荞酥是贵州威宁县民间生产的小吃名点，以其原料独特和制作历史悠久享誉全国，是以苦荞面粉为主要原料，加白糖、红糖、猪油、菜油等多种配料制成的糕点，主要品种有白糖、洗沙、玫瑰、火肘、水晶、枣泥等，色泽金黄，香酥松散，味道鲜甜，口感清爽，营养丰富，味美可口，价廉物美，入口酥松易化，既可充饥，又有清凉解热的保健功能，又称金酥。

我们常见的荞麦有甜荞和苦荞之分，公元前5世纪就有栽培，列为我国古代八谷之一。荞麦彝族称为额，古代亦写成荍麦或乌麦，蓼科荞麦属一年生草本双子叶植物纲栽培植物。起源于我国，是古代重要的粮食作物和救荒作物之一。

荞麦也是懒人作物、纯天然绿色食品，

——威宁荞酥是贵州威宁县民间生产的小吃名点，以其原料独特和制作历史悠久享誉全国，是以苦荞面粉为主要原料，加白糖、红糖、猪油、菜油等多种配料制成的糕点。

常常是将种子撒在地里，不用管它，就等着去收割，荞麦生育期短，从种到收获只要七十天到九十天。荞麦极耐寒瘠，栽培比较简单，可当年多次播种多次收获。茎直立，下部不分蘖，多分枝，光滑，淡绿色或红褐色，有稀疏的乳头状突起。叶心脏形如三角状，紫红色，顶端渐尖，基部心形或戟形，全缘。托叶鞘短筒状，顶端斜而截平，早落。花序总状或圆锥状，顶生或腋生。春夏间开小花，花白色；花梗细长。果实为干果，卵形，黄褐色或黑色，光滑。有多个栽培品种，磨成面粉供食用，尤以苦荞为最具营养保健价值。

荞麦食品是直接用荞米和荞麦粉加工而成，荞米常用来做荞米饭、荞米粥和荞麦片，荞麦粉与其他面粉一样可以制成面条、烙饼、面包、糕点、荞酥、凉粉、血粑、灌肠等民间风味食品，荞麦还可以酿酒，酒色清澈，久饮益于强身健体。

荞酥的制作过程以苦荞细粉、红糖粉、白糖粉、熟菜籽油、猪油、鸡蛋、白矾、苏打、白碱、熟苦荞粉、火腿、玫瑰糖、洗沙、桃仁、冰橘、苏麻、瓜条、椒盐等为原料，将红糖加水煮沸，熬成红糖水，停火后放入菜油，依次加入碱、苏打、白矾，搅匀后加荞面、鸡蛋，面团和好从锅内取出，晾八至十二小时作为面粉；红小豆煮烂，洗成沙，加红糖，煮至能成堆，加熟菜油出锅，即成馅料；面团分若干个剂子，擀成皮，包入馅心，在印模内成型，入炉烘烤，至皮酥黄即成。荞粉要用细筛筛出最细的荞面，按比例加红糖、鸡蛋、菜油及白矾、苏打、白碱等拌匀，馅料主要是小豆，其次是芝麻、玫瑰糖、瓜条、红糖、熟菜油，后来增加到威宁火腿、玫瑰、洗沙、水晶、桃仁、冰橘、瓜条、苏麻、椒盐、姜油等多种。制作时先将红糖加水煮沸，另外加菜油再煮沸一次，然后加白碱、苏打、白矾混合均匀，放入荞面、鸡蛋，拌好放在案上晾一天左右，直到面料完全凉透为止。准备馅料时要把小豆先煮好，打成粉末，加红糖再煮，待水将干时加菜油拌匀，最后包心、压模、烘烤，香味溢出，喷香扑鼻，其形状有扁圆和扁方形两种，正面刻有清晰花纹，酱红光亮，饼酥松香，皮面呈细蜂窝状。

威宁制作荞酥起于明代洪武十七年（1384），明太祖朱元璋做寿，威宁水西彝族土司首领蔼翠去世，其夫人奢香袭蔼翠贵州宣慰使之职，维护多民族的团结和国家统一，开辟龙场等九驿，促进边远山区与内地经济文化交流。特意吩咐厨师采用当地土产苦荞面拌糖做成一种既精美别致又有地方特色的糕点给朱元璋祝寿，以表孝心。可是试验四十多次都没有成功，眼看临近寿期，奢香夫人心急如焚，颁布告示如有人做成这种糕点愿出重金奖赏。有个叫丁成久的重庆人揭了告示。他反复琢磨，对照传统糕点，各取所长，终于制成了一种非常精致的糕点，取名荞酥，每块重八斤，上面刻有九条龙，九龙中间刻一个寿字，象征九龙献寿。奢香夫人非常满意。奢香赴京入朝，朱元璋亲自接见她，封为顺德夫人，认作义女。朱元璋品尝她进贡的荞酥，大为赞赏，称为南方贵物，荞酥从此名气远播。荞酥经过历代相传，现在已不是八斤一块，而是一斤八块。新中国成立后，其规格统一定型为每个重一二五克，分圆形、扁方形两种，精制礼盒包装分二百五十克、五百克、什锦三种，什锦盒内一般装十个，品种分别为威宁火腿、玫瑰、洗沙、水晶、桃仁、冰橘、瓜条、苏麻、椒盐、姜油等多种。

说到威宁荞酥的辉煌，不得不说到一个人和她的企业，那就是唐桂芝和她的贵州芦丁食品开发有限公司，公司坐落在威宁经济开发区孵化园内，公司以生产苦荞系列食品加工为主，威宁荞酥、苦荞饼干、苦荞辣椒酱三大系列二十多个品种，她通过努力获得国家地理标志证明商标注册，在贵阳、昆明、成都等地的大型超市设立威宁荞酥专柜，并进入跨国超市沃尔玛。

唐桂芝是威宁牛棚镇人，一九六九年十月出生在牛棚镇白碗村，一九八七年进入牛棚镇荞酥厂，开始跟师傅学做荞酥，她勤劳肯学，很快掌握荞酥的制作方法，她喜好琢磨，手艺越练越精。二〇〇〇年，她来到威宁县城寻求更大的发展，开始对荞酥产业的未来发展进行思考。二〇〇六年，贵阳全保食品有限公司聘任她为威宁荞酥生产总监。不久，唐桂芝想振兴威宁本地荞酥产业，自立门户，创办贵州芦丁食品开发有限公司。二〇一〇年，她成功注册唐桂芝肖像和文字商标，并荣任威宁荞酥协会会长，她主动开拓外地市场。十二月，唐桂芝系列芦丁食品三个规格的产品进入沃尔玛（贵阳）四个连锁店，二〇一一年，唐桂芝与沃尔玛（昆明）十七个连锁店签订九个产品供货合同，唐氏荞酥越做越强，平台越来越高，为了避免威宁荞酥遭受价值掠夺，唐桂芝为威宁荞酥申请地理标志产品保护。二〇一二年二月，威宁荞酥被国家工商总局批准为国家地理标志证明商标产品。唐桂芝二十六年的求索，二十六年的奋斗，为荞酥的制作和生产书写了新的篇章。

　　荞酥还是城市下午茶的最好点心之一，下午工作一段时间，就会感觉有些饥饿，又不敢多吃东西，只好来杯茶加点小点心。试过多次，我习惯了泡一杯清淡的红茶，可以喝出水甜的味道，来两块威宁荞酥，慢慢地细品，无论是传统味、玫瑰味、洗沙味，都很滋味，这自然的甜味没有其他点心、饼干的甜腻，配上淡淡的茶香，也很好下咽。

　　近年来，威宁为了发展荞麦产业和荞酥产业，在小海、二塘、雪山、麻乍等乡镇示范种植新品种黔苦系列五万亩，原种繁殖五百五十万亩，种子生产三千五百亩。苦荞加工企业已有三十一家，其中具有一定规模的有五家，苦荞产品荞酥获得二〇〇七年贵州省名特优农产品称号，威宁评为中国荞酥之乡。

过桥米线

在云南各地，米线是各族人民最喜爱的风味小吃之一，选料考究、制作精细、吃法特殊、独具风味、富于营养，长条状，截面为圆形，色洁白，有韧性，可谓风靡全省，遍及城乡。米线细长、洁白、柔韧，加料烹调，凉热皆宜，均极可口。云南米线选用优质大米通过发酵、磨浆、澄滤、蒸粉、挤压等工序制成线状，再放入凉水中浸渍漂洗后即可烹制食用。云南米线可分两大类，一类是大米经过发酵后磨粉制成的，俗称酸浆米线，工艺复杂，生产周期长，米线筋骨好，有大米的清香味，是传统的制作方法。另一类是大米磨粉后直接放到机器中挤压成型，靠摩擦的热度使大米糊化成型，称为干浆米线，晒干后即为干米线，方便携带和贮藏，食用时再蒸

——昆明及云南各地的过桥米线均从蒙自传出，深受昆明及云南人的欢迎，被现代作家郭沫若誉为"云南食品中一朵瑰丽的山茶"，先后获得云南名小吃、中华名小吃、云南十大名片等美誉。

煮涨发。

　　蒙自是云南建县最早的二十四个千年古县之一，其名声在外的是过桥米线，也是根据蒙自土八碗的原则实行荤素搭配制作而成。现在蒙自的过桥米线有鸡肉过桥米线、牛肉过桥米线、鱼肉过桥米线、鸽子肉过桥米线、羊肉过桥米线、哈妮土鸡过桥米线、排骨过桥米线、菊花过桥米线、狗肉过桥米线、兔子肉过桥米线、酸菜鱼过桥米线等百多个品种，可谓洋洋大观。

　　我们常见的过桥米线由四部分组成：一是汤料覆盖有一层滚油；二是佐料，有油辣子、味精、胡椒、盐；三是主料，有生猪里脊肉片、鸡脯肉片、乌鱼片以及用水过五成熟的猪腰片、肚头片、水发鱿鱼片；辅料有过水的豌豆尖、韭菜以及芫荽、葱丝、草芽丝、姜丝、玉兰片、氽过的豆腐皮等；四是主食，即用水烫过的米线。鸡油封面，汤汁滚烫，不冒热气。过桥米线的汤是选用大骨、老母鸡、宣威火腿经过长时间的熬煮而成。

　　第一次吃过桥米线，一定要注意鸡汤是滚烫的，由于表面有一层鸡油，一点热气也没有，初食者往往误认为汤并不烫，直接用嘴去喝，这样很容易烫伤嘴皮。过桥米线是米线中的上品，独具风味，久负盛名。再根据各人爱好，加入辣椒油、芝麻油、精盐等佐料便可食用。碗中红、白、黄、绿各种佐料、食物交相辉映，滋味鲜美，使人胃口大开。

　　在长沙，我多次到烈士公园西门去吃云南过桥米线，二〇一〇年，我与妻子到昆明，特地在昆明市区寻找过桥米线，当时我的同学殷敏鸿在昆明，他给我介绍了几家好吃的过桥米线，我都一一去尝过。

　　我在回长沙的火车上，与一位蒙自的妇女聊起过桥米线，他给我介绍了家庭制作的

乡愁里的
旧食光

　　过桥米线，做法很简单，将胡萝卜、黄瓜、香菜、金针菇洗净改刀，虾干和肉片洗净待用，把鸡汤放锅里大火煮开，放鸡油封住热气，依次放鸡蛋、肉片、虾干、胡萝卜、黄瓜、香菜、金针菇、米线等，我回长沙后，根据这个方法做过几次，味道可口。

　　过桥米线的诞生，有个美丽的传说。蒙自县城有位英俊、聪明的书生喜欢游玩，妻子对他喜游乐、厌读书深感忧虑，一日对书生说："你终日游乐，不思上进，不想为妻儿争气吗？"书生闻妻言，深感羞愧，在南湖筑一书斋独居苦读，妻子一日三餐送到书斋。日久书生学业大进，日渐瘦弱。妻子心疼，宰鸡煨汤，切肉片备米线准备给书生送早餐，幼子将肉片置汤中，妻速将肉片捞起，无奈肉片已熟，尝之味道鲜香，携罐提篮送往书斋。妻操劳过度晕倒在南湖桥上，生闻讯赶来，见妻已醒，汤和米线完好，汤面为浮油所罩，无一丝热气，以手掌捂汤罐灼热烫手，大感奇怪，详问妻制作始末，书生称此膳为过桥米线。

　　昆明及云南各地的过桥米线均从蒙自传出，深受云南人的欢迎，被现代作家郭沫若誉为"云南食品中一朵瑰丽的山茶"，先后获得云南名小吃、中华名小吃、云南十大名片等美誉。二〇〇八年，过桥米线的制作技艺和规范列为国家非物质文化遗产，成为一项保护性饮食。

　　我询问过很多云南当地人，他们早上爱吃米线的原因之一是快，一碗米线一分钟就可以制作完成。虽然我们去的专营过桥米线的餐馆制作复杂，主要是为了制作出不同的品种，我们在昆明吃到的过桥米线，一般是论套出售，价格在十至十五元不等，价格越高，辅料配料越多，辅料有生鹌鹑蛋、火腿薄片、鸡肉薄片、各色蔬菜等。服务员先上装满汤料的大碗，再端上其他辅料，按先生后熟的顺序将荤菜、鹌鹑蛋、蔬菜放入汤内，放入荤菜后用筷子搅动汤料，荤菜立刻被烫熟，再用筷子挑入米线，完成过桥的动作，根据个人口味增减油盐酱醋，之后品尝过桥米线。

　　我喜欢先吃荤的，再吃素的，这样慢慢地吃，吃完大碗里的东西，就会大汗淋漓，再喝两口热汤，迅速冒出的汗液连脑门的头发都湿透，这种痛快淋漓的感觉，是吃其他美食无法达到的，这个品味的过程就是一种享受生活的过程。

楚雄牛肝菌

二〇一〇年春，我与妻子前往昆明寻找云南中医学院的一位教授。当时云南中医学院已经搬往呈贡的新校区，老校区已经只有少量的家属生活在这里，我们来不及当天赶往呈贡，就在关心路找了一家宾馆住下来。时间尚早，我与妻子洗漱一番之后，到街上去寻找食物。关心路是昆明的夜宵一条街，下午四五点就开始摆摊开市，凌晨三四点才收摊。我们见到街上已经摆满了各类美食，有洋芋饭、煎洋芋等，最多的摊位是各式各样的蘑菇。据说，关心路是专营野生菌餐馆的集中地，周围聚集了很多经营菌子火锅的饭馆。菌子火锅的味道很香，离很远很远就能闻到那沁人心脾的味道。光顾关心路野生菌餐馆的不只是昆明人，很多是外地人，他们吃到野

——牛肝菌是牛肝菌科和松塔牛肝菌科等真菌的统称，除少数品种有毒或味苦不能食用外，大部分品种均可食用。

生菌佳肴后，向友人宣传，他们的友人慕名光顾，形成良性循环，关心路野生菌生意越来越兴隆，名声日益扩大。

俗话说："来得早，不如来得巧。"赶上吃蘑菇的季节，那我们也不能放过，要吃吃云南的野生蘑菇来试试味。我俩在关心路选了一家专做蘑菇的餐馆，餐馆档次低，像路边店，只有一间客厅，摆五六张条桌，能够容纳二十人的样子。我俩在靠玻璃窗的地方选择一张桌子坐下，瞭望关心路上的人流涌动。老板给我俩介绍，现在上市的菌子有四十多种，来自全省各地，如果稍微晚点来昆明，可以吃到菌子宴。他给我们推荐了楚雄出产的新鲜牛肝菌，带我们去看他的一篮子牛肝菌，菌体较大，肉肥厚，柄粗壮，菌盖扁半球形，光滑、不粘、淡裸色、菌肉白色。我从篮子里挑择了一个菜碗大的黑色牛肝菌，交给他。老板说，你们两个人，一个大菌子可以做几种菜式，足够你们吃了。

我当时对云南的菜系和菌子了解不深，没有作答。妻子说她小时候吃过新鲜牛肝菌，很好吃。我就点头默认了。上菜时，老板端上来两菜一汤，即三丝牛肝菌、牛肝菌炒肉、牛肝菌炖鸡汤，就是我选的那个大菌子做的。这可把我吓着了，我是第一次吃这么庞大的牛肝菌，也是第一次吃牛肝菌宴，菜肴都用牛肝菌做成。做好的牛肝菌，肉质肥厚敦实，很有瓷实的感觉，咬上去饱满肥腻、口感舒畅、滑爽鲜美；鸡汤菌香四溢，香郁爽滑。我俩美美地吃了一顿牛肝菌，才相对于两份套餐价钱。从此，我记住了楚雄，记住了牛肝菌。

我们办完事，离回长沙的时间还有几天，我就想趁此机会到昆明周边走走，看看云南的山水和云彩。电话联系在玉溪工作的同学，他告诉我可以去大理和楚雄走走，大理风光无限，有下关沱茶可品；楚雄土特产甚多，食材丰富，野生菌最美味。他特地请假，

乡愁里的
旧食光

从玉溪赶到昆明，陪同我们去楚雄寻找野生菌。

菌在云南人的字典里是指云南出产的可食用野生菌。云南野生食用菌资源丰富，种类繁多，分布甚广，产量大，名扬四海。食用菌分二个纲、十一个目、三十五个科、九十六个属、约二百五十种，占全世界食用菌的一半以上，中国食用菌的三分之二，堪称菌的故乡，有菌出云南之说。楚雄南华县被誉为菌山菌海，野生菌全席可以不吃饭，就能吃饱，为中国历史上第一个野生菌美食县，有各类野生菌两百余种，年蕴藏量约一万多吨。松茸随处可见，被称为松茸之乡，松茸煮鸡是南华一道名菜，许多餐馆都有这道菜。

汪曾祺一生只写了三十多篇美食文章，其中有多篇提到牛肝菌，有详细描述的有两篇。《菌小谱》："我在昆明住过七年，离开已四十年，不忘昆明的菌子。雨季一到，诸菌皆出，空气里一片菌子气味，无论贫富，都能吃到菌子。常见的是牛肝菌、青头菌，牛肝菌菌盖正面色如牛肝。其特点是背面无菌折，是平的，只有无数小孔，因此菌肉很厚，可以切片，宜于炒食。入口滑细，极鲜，炒牛肝菌要加大量蒜薄片，否则吃了会头晕。菌香、蒜香扑鼻，直入脏腑。"《昆明的雨》："昆明菌子极多。雨季逛菜市场，随时可以看到各种菌子。最多，也最便宜的是牛肝菌。牛肝菌下来的时候，家家餐馆卖炒牛肝菌，连西南联大食堂的桌子上都可以有一碗。牛肝菌色如牛肝，滑，嫩，鲜，香，很好吃。炒牛肝菌须多放蒜，否则容易使人头晕。"

野生菌是山中的精灵，藏在叶下、草间、树根处，独自成影或成群结队、挤挤攘攘，在破晓前的黎明，它们依仗着潮湿的松林迅速萌生，在数小时内成长为充满质感的块头，仿佛是要与日出争相比美。牛肝菌是牛肝菌科和松塔牛肝菌科等真菌的统称，除少数品种有毒或味苦不能食用外，大部分品种均可食用。楚雄的牛肝菌资源丰富，著名的有白、黄、黑等优良牛肝菌。白牛肝菌又称美味牛肝菌，别名有大脚菇、白牛头、黄乔巴、炒菌、大腿蘑、网纹牛肝菌，子实体为肉质，伞盖褐色，直径最大可达二十五厘米，一千克重，菌盖厚，下面有许多小孔，类似牛肝，可生食，也可制成干制品。白牛肝生长于海拔九百米至两千两百米之间的云南松、高山松、麻栎、金皮栎、青风栎等针叶林和混交林地带，或砍伐不久的林缘地带，独生至群生，常与栎和松树的根形成菌根，产于六至十月，温暖地区稍出得早些，温凉、高寒地区出得晚一些。雨后天晴时生长较多，易于采收，一九七三年开始出口西欧各国。黑牛肝菌味道鲜美，营养丰富，云南各族人民群众都喜欢采集鲜菌烹调食用；还可以切片干燥加工成各种小包装的黑牛肝菌，用来配制汤料或做酱油浸膏，黄黑牛肝菌近年来也开始出口。

  我们在楚雄玩了两天，吃了十多种牛肝菌，在离开的时候，陈永奋还给我买了两三斤干的牛肝菌，后来去四川看完岳父岳母，妻子把牛肝菌送给岳母。去年冬天，在长沙举行农博会，云南有一些商家参加，我在干货区找到了来自楚雄的牛肝菌，买了两三斤回家，我自己亲自做了几次牛肝菌炖三黄鸡。今年，把孩子接回长沙生活，岳父来长沙治病，妻子在网上购买了几斤黑、红牛肝菌，用来炖排骨吃。

第五辑

食 光 杂 谈
○ ○ ○ ○

食话仙岛湖

仙岛湖位于湖北阳新县境内、幕阜山北麓，地处庐山与九宫山旅游黄金线中心，大广高速、杭瑞高速及106国道擦肩而过。自然风光旖旎，人文古迹众多，生态野趣横生，景区面积276平方公里，四点六万亩的湖面上镶嵌着1002座岛屿，看似银河星座，却似人间仙境，享有"天上七仙女，人间仙岛湖""荆楚旅游明珠，华中第一奇湖"的美誉。

二〇一三年六月，我参加《百花洲》全国网络作家笔会，有幸到仙岛湖一游，为其倾倒，短暂的两天旅程，给我留下深刻的记忆，特别是仙岛湖的特色美食，让我无法忘却，在思念之余，只能用文字记录。

仙岛湖原本无湖，为阳新县国和、东源、王英三个乡所在地，为了解决阳新、咸宁、大冶、鄂州、武汉等地生活和农业灌溉用水，汇集山涧，人工造湖，把三个乡合并成王英镇，辖25个行政村，13428户，近六万人。

仙岛湖物产丰富，都是纯天然、无污染的有机产品，很多特色农作物不为外人所知，我这次见到的有阳新屯鸟、矿泉蟹、天然青虾、生态大鱼头、野生银鱼、蚌、珍珠、长命菜、野菜、菱角藤、菱角米、藕粉、干湖蒿、苎麻、山茶油、油面、手工折粉、高糕粑、风干鱼、干苕粉、阳新枇杷干等。我在仙岛湖生活了两天，品尝了无数的土菜，也非常有特色，食材特别，本色烹饪，形成了独特的餐饮个性，我喜欢的菜肴有养生土屯鸟汤、阳新芋头园、饭蒸鱼、桂鱼面、红苕煮高粱粑、大碗三味、阳新鱼饼、萝卜苕粉园等。

我利用这两天时间,对仙岛湖的美食进行了系统的了解,从食材的生长环境、气候、人文等方面进行梳理,从菜肴的制作、改良、探索等方面进行挖掘,从当地民众的饮食习惯、生产条件、民俗民风等方面进行清理,摸索出无数让人欣喜的食物。

仙岛湖的水域面积非常广阔,有近五万亩,产的淡水鱼虾蟹特别多,据统计,河蟹年产达五百吨,天然青虾年产达一千吨,银鱼年产一百五十吨,丽蚌湿成品百吨,其中有名的是银鱼、河虾、春鱼、鳙鱼、河蟹、麻乌鱼、餐子鱼等,极受周边百姓的欢迎。

我在仙岛湖吃到过几道银鱼做成的名菜,味道极其鲜美,现奉献给大家。银鱼蒸蛋以鸡蛋、干银鱼、葱粒、精盐、味精、浅色酱油、胡椒粉、熟植物油为原料,将鱼加入精盐、油拌匀,鸡蛋搅拌成蛋液,放精盐、味精搅匀,倒入盘中。烧沸蒸锅,放入蛋用慢火蒸约七分钟再加干银鱼、葱粒铺放在上面,续蒸三分钟,利用余热焗两分钟取出,淋酱油和油,撒上胡椒粉便成。

财鱼在仙岛湖叫乌鳢,形体长而圆,头尾相等,鳞细色黑,有斑点花纹,很像蝮蛇,有舌、齿及肚,背腹有刺连续至尾部,尾部没有分叉。出肉率高、肉厚色白、红肌较少,无肌间刺,味鲜,通常用来做鱼片,以冬季出产为最佳,代表菜式有菊花财鱼、清炒乌鱼片、番茄鱼片汤等。

仙岛湖的天然青虾产量多,仙岛湖本地吃法较少,主要做酒呛虾。

仙岛湖南岸东源有浩瀚的竹海,大量出产其山珍竹笋,当地把竹极其有名,又称粉绿竹、乌蹄竹,以二十斤一把计量而得名。竹笋在春天采摘之后,去掉笋壳,经开水稍煮之后,撕条晒干表面水分,加米粉藏于瓷坛中,腌制一段时间,用于炖菜或与肉、鱼一起蒸吃。

　　仙岛湖两岸的山民喜欢饲养水鸭，叫阳新番鸭，又名阳新豚、阳新屯鸟，以吃食多而得名，是鄂东南特产之一，它介乎鹅鸭之间，味甘温，肉鲜味美，味道鲜美，汤香甜可口，具有滋补强身的功效，羽毛柔软光洁。仙岛湖两岸的山民善做一种美食，将番鸭宰杀之后，切成大块，用米粉裹好腌在瓷坛中，有贵客登门时或逢年过节，再取出来蒸着吃，鸭肉紧促，带着浓浓的米粉香味，如果与鱼、肉合蒸，味道更加鲜美。

　　曾经仙岛湖两岸的居民生活条件艰苦，常以野菜为主，他们经过数千年的经验积累，很多野菜端上了餐桌，在仙岛湖蓄水之后，成为库区，这些山民没有忘记以前的饮食习惯，还在新有的物产中再度开发，制作了数十种天然野菜，有湖蒿、蕨菜、香椿、苦菜、蕺菜、珍珠花、老虎刺、野芹菜、野枯梗、檀芽、黄反菜、蒲公英、马齿苋、车前菜等。

　　仙岛湖库区为山峰围绕，坡地比较多，很少有水稻种植，最适宜于种植红苕。我在仙岛湖看到他们的红苕吃法诸多，鲜红苕可煮、焖、烤、炸，做苕圆子，打苕角，还可以切片，刨丝晒成红苕干，加工成苕粉，红苕粉可作佐料。夹红苕粉砣，做红苕粉粑，苕粉糊等食用。苕粉与藕拌合可做成藕圆子，与鱼肉拌合可做成鱼圆子或鱼面，与芋头合拌可做成芋头圆子。在仙岛湖库区，每当新春佳节，当地居民会用红苕粉做芋头圆子，大年初一，吃上一碗芋头圆，预兆团团圆圆、事事圆满。

　　经过这些天的梳理，对在仙岛湖吃到的美食进行了全面总结，发现自己在短短的两天时间里，竟然吃了四五道美食，现在都记忆犹新。

点菜的学问

吃饭点菜是我们生活中最普通的事情，只要你走进饭店，我们就要涉及此道。往往这个简单的事情却难倒了我们很多的精英和好汉，他们为点不出满意的菜式而揪心，在餐桌上显得尴尬，只好模仿隔壁桌上的菜品去点菜，别人吃什么自己点什么。还有甚者，他不会点菜就点店里最贵的菜，把贵的菜全部点上，完全一土豪的表现。他哪里知道，点菜还是一门学问，是有规律可循的。

吃饭点菜成了我们现代生活的开门七件事之一，无论谁都要掌握和知晓。

我最痛苦的事情是与人去饭店吃饭，到了饭店，主人不会点菜，他要每位客人点一道菜，点客人自己喜欢吃的菜，这虽然是尊重客人，却没有考虑整个席面。这样点出来的一桌菜，有时尽是肉，有时尽是鸡鸭，有时尽是鱼虾蟹；有时尽是素菜，有时尽是荤菜，会吃得我极度恶心，反胃不已。

我不是职业的点菜师，因为吃得多了，就总结了一些点菜的经验和教训。点菜最重要的规律有凉热均衡、荤素搭配、海陆空兼顾、注意时令加本店特色。前面四点，一般人都知道，讲起来容易做到就难。每次吃饭的人数不一、男女不等，有时两三人一桌吃饭，有时七八位，有时十几位甚至二十位。如何点菜，让大家吃好喝好，我认为，三两个人吃饭，就点三菜一汤；上了六七人，按人数配菜，一人一道菜即可。这样下来，菜不至于多也不少，就是少了还可以加菜。

凉菜南北都有，并且是风味小吃和开胃菜，饭桌上不能少，又不能盖了热菜的风头，三四人吃饭，点两道凉菜开开胃，一桌客人就点四六碟凉菜，大家可以在热菜没上之前活动活动嘴巴，吊起吃饭的胃口。

荤素搭配是肉菜与素菜、蔬菜的合理搭配，不能只按个人的喜好来点菜，点菜之人可以在点菜之前询问在座各位，有没有忌口的，有没有特别喜欢的菜肴。如果有，可以先考虑他们的忌口和喜好。还要知道，这个时代的年轻人中有不吃鱼、不吃鸡鸭、不吃姜蒜、不吃海鲜的，或者有食物过敏的，这些先决条件必须考虑进去，再考虑荤菜三分之二，素菜、蔬菜三分之一，既显得丰盛又显得简约。

海陆空兼顾是考虑到食材的全面和营养均衡，无论是三四人吃饭还是七八人以上的宴席，我们点菜都要考虑水里游的、地上走的、空中飞的等食材，水里的鱼虾蟹鳖等，地上的猪牛羊狗及下水杂碎等，能飞的鸡鸭鹅鸽等，海陆空每类食材都要点一两样，为了增加宴席的档次，可以加海味山珍三四道，提高宴席档次，不必满桌都是山珍海味。

时令菜肴与季节紧密相连，每个季节都有它的当季菜肴和食材，尽量少吃温棚菜和反季节菜。春季的春笋和芦笋，湖区的藜蒿、山区的椿芽值得一吃；夏季的河虾、毛蟹，辣椒、园蔬值得一吃；秋季的湖蟹和收获的果实值得一吃；冬季的冬笋、牛肉、羊肉等值得一吃。

点菜的人往往还容易犯两种倾向性错误，一是过分相信酒店的服务员，由他们来推荐菜式，他们推荐店里卖得好又经典的菜，没有搭配又无法满足食客的喜好；二是完全不相信服务员的推荐，由自己来点。这两种倾向都不对，去熟悉的饭店或知名的饭店吃饭，一定要点店里的特色菜和招牌菜，再根据各自的喜好点几样，搭配一下即行，这样大家才会满意。

点菜还需要点点心和主食以及水果和酒水,这些更需要合理搭配,点的肉类菜肴比较多,吃得太油腻,需要来瓶橙汁;有酒水,干的腊的辣的菜肴可以多点些做下酒菜;吃米饭的人多,要点一两道下饭菜。

点菜是门学问,需要自己去钻研和总结,才能点出好的菜肴和席面。

饭店名的诱惑

开店取名是每位老板的第一件头等大事，开餐馆饭店的老板想给自己的饭店取个响亮点的名字，给顾客留个好的第一印象，那是理所当然的事情。饭店没有叫得响的名字，让人很难记住那个饭店，也是在所难免的。

我行走了十几年，尝遍了大半个中国，独自或者与朋友一起进过无数各式各样的餐馆、饭店，给我留下深刻印象的饭店名字确实没有几个，我觉得很纳闷，最近一直在思考这个问题，最终的答案是饭店名字不好记，无法达到过目不忘的效果，看后就忘了。

这十几年，我也记住了一些餐馆饭店的名字和它们精美的菜肴，有的还很长一段时间里忘记不了，常在我脑海里盘旋、起伏。我记住的这些店名反倒没有它的特色，它却与某些事物有着千丝万缕的联系。归纳起来大概有几类：一是与历史文化相关的餐馆，像北京的全聚德、长沙的玉楼东等，熟悉后无法忘记；二是经营者是我的熟人朋友，像餐谋天下、火候轩等，我常去当然不会忘记；三是当地风味小吃聚集的地方，像火宫殿等，来了外地朋友我一定会带他（她）去尝尝，也是不会忘记的。

我长期观察发现，大餐馆、大饭店或者大餐饮连锁饭店，它们的名字都很一般，没有精雕细刻、故意为之，如湘鄂情、大蓉和、秦皇食府、徐记海鲜等，也没有特别好记的地方，只是它们开的连锁店很多，布及全国各地，自然被人记住了，或者是因为它们其他的原因被人记住。

餐馆饭店有个响亮的名字，它具有无限的魅力和诱惑，会吸引更多的食客倾慕和向往，增加回头客和寻觅者。像菜根香这样的名字，大家一看就知道是家餐馆的名字，觉得他们的老板在追求菜肴的味道，特别是连菜根都可以做出香的味道，他们的菜应该很美味。这样的一个名字，我知道它已经是十多年前了，现在还记忆犹新。当时，我只在公交车上看过一眼，根本没有特意去记它，就无意识地记住了。几年之后，我到这家饭店去吃饭，觉得他们的味道还不错，所以记得更加牢固了。

餐馆饭店中，取名字讲究的，我发现往往是一些小店或者特色店，他们的餐饮有自己的特色，不仅是食材地道，味道纯正，还有加工方式和制作工艺等都有别于普通的餐饮，他们尊重原味和原始的加工手法，更加追求味道至上。它们的名字极有个性和张力，在餐馆饭店中独树一帜，起到过目不忘的作用，目的在争取回头客。

我曾经走过很多地方，记住了一些特色餐馆饭店的名字，可以与大家分享，像食全食美、犯醉团伙、回头食客、炊烟时代、问客杀鸡等，这些稀奇古怪的名字，一看就吓人一跳，等你读出声来，确定它为谐音字，发现它们在打文字的擦边球，再仔细回味品评，觉得老板在名字上还动了些歪脑筋，又觉得很欣然。

如果你走南闯北，有心留意餐馆饭店的名字，你可以把它们记录下来，再整理成文章，与美食爱好者分享，那将是一笔丰富的财富，一定会迎来无数的读者和志同道合的人。像他们记录、研究标语的同胞一样，他们写的文章，我们读起来时，发现不少奥秘，常常会使你捧腹大笑、频频点头。

作为餐馆饭店，真正吸引食客的唯一办法是自己的招牌菜肴，一家餐馆没有自己的拿手菜和招牌菜，是无法长久吸引食客的，更无法带来回头客，店名也只是花絮而已，起到调味剂的作用。

雷同的菜肴

我到饭店吃饭,最烦人的事情是花了很多心思点的本店新菜,竟然是前不久在另外一家饭店吃到的某道招牌菜,而且做法几近相同,只是名字变了而已。更失败的是盗版的饭店做得四不像,既谈不上正宗,连及格都还不到,让我无语。

点雷同的盗版菜肴,在我近两年的品味生涯中是经常遇到的事情,害得我都不敢到饭店去吃饭,还是在家里研究,在家烹饪和享受。

二〇一二年冬,我担任《行走的餐桌》第二季《吃湘喝辣》十集纪录片的总顾问,陪同拍摄组的同志到湖南的好几个市州实地拍摄采风,我们拍最后一集《岳阳三味》的时候。我们第一天拍完俏巴鱼馆,晚饭后已经十点多,拍摄组的同志们已经腿脚臃肿酸痛,我带他们去做个按摩,活动一下身体和筋骨,松弛松弛僵硬的肌肉。耿兄弟大排档的店主史太亿先生来到足浴店找我,我已经疲劳至极,在洗脚的时候睡着了,一觉醒来,已经是凌晨一点左右。

耿兄弟大排档的姜辣菜系在岳阳非常有名,我每次到岳阳,却没去品味。这次,史太亿先生硬要邀请我在拍摄前去品尝一次,给他一个公正客观的评价。我推不掉,只得随他来到耿兄弟大排档,在二楼选了一间小包厢坐下,史太亿先生亲自陪同。我们没坐多久,服务员端上姜辣凤爪、姜辣蛇、姜辣闸蟹、卤鲫鱼等菜肴。

耿兄弟大排档的姜辣凤爪采用洞庭湖区特有的湖区三黄鸡的新鲜鸡脚为原材料,鸡脚经过冷水清洗，腌制上卤后，把一只鸡脚切成两半，再在炒锅里加茶油爆炒，爆炒时加老姜片、葱、蒜、八角、花椒、辣椒、瑶柱汁、白糖、白酒、醋、酱油等作料，辅佐凤爪的味道香辣可口。爆炒后的鸡脚旺火烧开，文火烧透，入味后转大火收汁，汁水稠浓时出锅，味道麻辣可口，柔韧有嚼劲。

耿兄弟大排档做的凤爪如鹅掌一样肥胖、丰满，金黄色的凤爪有着深古铜色的颜色诱惑，凤爪与老姜片、辣椒相间错落，堆积在大瓷盘里，非常具有诱人的食欲。我在品味凤爪的过程中口腔感觉层次分明，凤爪肉质糯柔、具有韧性和弹性，可以细细玩味，咬尽骨头上的肉。姜辣凤爪还适宜慢慢品味和下酒，特别是喝啤酒闲聊时，来盘姜辣鸡爪，在品味和琢磨鸡爪与骨头之间的那种玩味的同时，也赢得了友情和气氛，非常有韵味。我把吃到的感觉与史太亿先生描述了一遍，他非常满意，感谢我的点评。我回到酒店，感叹姜辣鸡爪是夜宵市场的一道绝味，连夜写了一篇《岳阳耿兄弟大排档》小稿发在网上。

在拍摄过程中，史太亿先生亲自主厨烹饪姜辣鸡爪，他暴露了烹饪姜辣鸡爪的一个秘诀：鸡爪在文火烧透入味后，不用平锅大火收汁，而是改用高压锅压炕鸡爪。一锅姜辣鸡爪大概十斤原料，用大高压锅压十二分钟左右，放掉气就可以直接上桌。吃起来肉质糯柔、具有韧性和弹性，连骨头上的脆骨和肉都可以全部吃干净，咬在嘴里也不是很烂，又有嚼劲，还可以细细把玩。

我回长沙后，有朋友请我去一位湘菜名厨的饭店吃饭，店主是我认识的熟人，见我去了，拿出他的招牌菜发财鸡爪来招待我，用一个尺大的斗盘装一小份鸡爪，我吃了之后，知道他的做法是拷贝耿兄弟大排档的，只是姜片切得薄些，没有经过高压锅的压煮，颜色鲜艳些，我问店主什么时候去过岳阳，他笑了笑。

又过几日，有朋友请我到另一家私房菜馆吃饭，有道鸿运鸡爪，朋友点了，我一吃，知道他是学发财鸡爪，还有点变化，先把鸡爪煮八分熟，再用油炸，个头缩小，没有嚼劲和糯柔、韧性，我无语了，干脆不吃。

接下来的半年里，我吃了很多我们拍摄到的特色美食，却是盗版，在长沙的餐饮界风靡一时，为广大食客所喜爱。这种吃着盗版的快感，搞得我很难受，大倒胃口。到最后，我简直不敢出门吃饭，生怕又遇到盗版菜和再盗版菜，干脆一个人在家里做菜满足自己的胃口。

最让我愤怒的是岳阳虾尾，从岳阳发展到长沙的一家口味虾宵夜店。所谓虾尾其实是虾球，即口味虾把头和钳子去掉，在油爆的过程中，虾尾浓缩卷曲到一起，成为一个圆形的球。他们在宣传时，说是自己的发明，让我大跌眼镜。早在二〇〇〇年，我在岳麓山脚下的湖南师范大学校园的小餐厅里就吃到过口味虾做的虾球。那年的口味虾很小，无法用来做油爆口味虾，老板只好把虾头和钳子去掉，用辣椒爆炒着虾球出售，我与几位同学喜欢吃虾球，每餐必点一盘。

岳阳虾尾是在二〇一〇年才在岳阳市鱼巷子开第一家店，十年前就有的菜肴又何来他发明呢？甚至岳阳虾尾的两个老板为此争夺发明权，还打了一场官司，电视报道时，惹得我笑得肚子痛。现在，岳阳虾尾的加盟宵夜店遍布长沙市区，少说也有二十家。

我突然想起我的好友湘菜名厨刘国清先生，他在长沙搞了近二十年餐饮。记得他与我讲过一件事，在21世纪初，长沙的餐饮界每年流行一道新菜，风靡整个长沙市，曾经流行过的菜肴有剁辣椒鱼头、口味虾、口味蛇、牛蛙、千页豆腐、长豆角茄子、咸蛋黄茄子、带皮牛肉等。

  湘菜大师刘忆先生也曾与我讲过一件事，他在几年前研制了水晶粉丝煲和洞庭湖腊鱼尾巴，这两道菜在餐谋天下的几家餐厅推出后，不到两三个月的时间，长沙的餐馆都有这两道菜销售，而且营业额还不错。

  在韩国和日本，一家饭店可以依靠一道招牌菜经营几十上百年，成为食客们的思念味觉，而我们的菜肴，靠盗版和抄袭来抢夺市场份额，很多看似红火的餐饮企业，在不到几个月的工夫，就被市场所淘汰，成为食客所遗忘的对象，这就是抄袭和盗版的下场。

  我想到这些雷同菜肴的操作模式，无语了。

耿兄弟大排档

耿兄弟大排档位于岳阳市岳阳楼区建湘路427号，有20余个包厢，营业面积近1000平方米。是岳阳一家家喻户晓的大排档和口味餐馆，无论是本地人小聚还是宵夜，或者是岳阳人请外地朋友体验、品味岳阳风味，大家都会想到耿兄弟大排档，带朋友到那里去吃夜宵。2012年，耿兄弟大排档被评为岳阳市价格诚信单位。2013年1月，中央电视台纪录频道（CCTV9）《行走的餐桌》摄制组在岳阳拍摄《三味岳阳》美食专题片，特别到耿兄弟大排档采访和拍摄，推出了岳阳姜辣系列菜肴。

来耿兄弟大排档的朋友都知道，耿兄弟大排档有几大当家菜，姜辣系列是它的特色和资本，现在卖得最好的姜辣系列菜肴有姜辣蟹、姜辣虾、姜辣凤爪等，还有耿兄弟大排档特有的卤鲫鱼及卤菜系列（卤鸭脚、卤猪脚等）。

姜辣蟹采用洞庭湖的大闸蟹，为一斤四只的标准蟹，有母蟹、公蟹，现点现做，用老姜片、葱、蒜、八角、花椒、辣椒在熟油中爆香，倒入解除绳子和清洗干净的洞庭湖大闸蟹，猛火爆炒几分钟，再加瑶柱汁、蚝油大火焖煮十余分钟，让老姜片煮出的汁水渗透到大闸蟹的壳内。姜辣蟹的味道出现辣中溢香、香中透辣、辣而不燥、色泽红亮、蟹鲜味美，母蟹蟹黄饱满紧凑，公蟹蟹膏丰盈。食客在品味的时候，可以先吃紧凑味美的蟹黄，蟹黄纯黄或深红，紧促丰满，咬上去有韧性，姜辣味道完全渗透到蟹黄中，吃时不仅要吸其中的姜汁，还要慢慢品味蟹黄的味道。姜辣蟹最吸引食客的部分，那是肥美的蟹腿，慢慢寻味蟹腿，可以找到宵夜的味道和滋味。

姜辣凤爪采用洞庭湖区特有的湖区三黄鸡的新鲜鸡脚为原材料，鸡脚经过清洗，上卤之后，把一只鸡脚切成两半，在炒制过程中加入老姜片、葱、蒜、八角、花椒、辣椒、瑶柱汁、白糖、白酒、醋、酱油等作料，辅佐凤爪的味道。爆炒后的鸡脚旺火烧开，文火烧透入味后转大火收汁，汁水稠浓出锅。凤爪如鹅掌一般肥胖、丰满，金黄色的凤爪有着深古铜色的诱惑，凤爪与老姜片、辣椒相间错落，非常诱人食欲。在品味凤爪的过程中，口腔感觉层次分明，凤爪肉质糯柔、具有韧性和弹性，可以细细玩味。姜辣凤爪适宜慢慢品味和下酒闲聊，是夜宵市场的一道绝味，在品味和琢磨鸡爪与骨头之间的那种玩味的同时，也赢得了友情和气氛。

卤鲫鱼采用洞庭湖野生土鲫鱼为原料，在鲫鱼宰杀洗净之后，用盐和秘汁腌制几小时，再用炭火慢慢烘烤，达到干燥水分和烤熟鱼肉的双重效果，此过程非常的漫长，火力不能太大，也不能太小，要四至六小时内烤熟。再把烤熟的鲫鱼放入沸腾的卤水中，慢火轻卤两小时后，晾干上桌。卤鲫鱼的鱼肉与鱼皮层次分开，鱼皮可以轻轻揭去，有韧性和弹性，又糯柔可口；卤鲫鱼的鱼肉细腻鲜爽，鱼刺从肉里析出，小孩、老人都可以食用，不必畏惧鱼刺，肉质紧凑富有弹力和韧劲，咬起来味道起伏跌宕。在品味中可以感觉到，鱼肉开始辣味凶猛，慢慢趋于缓和，鱼肉在牙齿间划过，留下清香，回味可口，味道游荡在口腔久久无法消失。如果您是酒客，可以选择卤鲫鱼下酒，在饮酒的同时，品味卤鲫鱼的味道，马上提升了酒趣，将迷失在酒香鱼味中。

在耿兄弟大排档的几次宵夜中，必不可少的就是姜辣蟹、姜辣凤爪、卤鲫鱼，那股浓浓的姜辣味，完全吸引了我。

夏日粥瘾

我属于南方典型的饮食硬汉,喜欢粗糙的米饭,只有塞几碗饭才能抵抗住饥饿,那些柔软的面条、米粉我不屑一顾,主要是进入我的肚子不抗饿,吃上一大碗还是饿得发慌。

在夏天,我却有很明显的粥瘾,思念粥的味道。不喝粥,常想念喝粥的感觉,回味喝粥的惬意。

我的粥瘾,主要来源于两个人:一位是我的母亲,一位是我的妻子。

我从小生活在农村,在我童年的记忆里,每到夏天,母亲在中午都要熬一锅粥代替中餐。我渐渐长大,就学会了熬粥,把大米和绿豆淘洗干净,放在生铁锅里煮开,揭开锅盖,小火慢慢炆,炆上半个小时,大米和绿豆炆得花开花朵,停火凉一两个小时,就是母亲最喜欢的白米绿豆粥。我们在午后,用大菜碗盛起,加点白糖,有着丝丝的甜味,极其好喝,一次可以喝两大碗,既清爽又祛火。

妻子来自西北大漠,喜欢吃面条和稀粥,吃饭还要喝碗汤。她煮粥已经远离农村烟火,用现代化的方式进行,把大米、绿豆、小米淘洗干净,一起放在高压锅里煮,高压锅冒气熄火,十分钟后,再点燃液化气,高压锅再冒气后熄火,晾凉之后,粥即成。妻子喝粥,喜欢用剩菜下粥,特别是海会寺的豆腐乳,是她最好的下粥之物,咸咸淡淡总相宜,她认为这样容易消化,吃得清淡。

乡愁里的
旧食光

　　这些年来，我偶尔喝碗粥来换换口味，特别是酷热的夏天，一家人喝粥消暑，享受夏日的清凉，那是一种天伦之乐。

　　行走在长沙的大街小巷，到处是粥铺和粥店，我很少在店里喝过粥。我担心他们用剩饭煮粥或者用热水瓶煲粥，我喜欢新鲜的粥。

　　前日，我去湖南大学办事，中午时分，我还没吃饭。身处湖南大学麓山南路，这条校园内的绿荫小道，车水马龙，人流如织。我每年都要来此淘书、游玩、会友数十次，很少在这里吃饭、喝茶。我总认为这些地方是学生吃饭的地方，他们吃得杂吃得乱，没有像样的正餐店，与我的身份不相宜。我喜欢有特色的中餐店，喜欢纯正的湘菜口味。

　　李刚先生在湖南大学工作了二十年，从事基建工作，对校内的餐馆特别熟悉，小到每条小巷每栋楼房哪里有餐馆饭店，在他脑海里有幅地图。今天是我们俩私下见面，不必坐在饭店里谈工作，只是为了填饱肚子，打发饥饿，随便吃点东西就行。

　　由李刚先生带路，我们来到靠近渔湾市的一家潮汕海鲜粥馆。店子很小，只能放下六张四人座的小餐桌。我看了看它的环境，比较干净，还很讲究，张贴的菜品不俗。坐下来，李刚先要老板来碗冰粥。随着我们进店的这会儿，陆续进来四五拨人，都点冰粥。老板一边应酬一边忙着上冰粥。拿来菜单，放在我们餐桌上，随便我们点凉菜和粥品。

　　不多时，我们的冰粥上来了，用结实宽口的白瓷碗盛着。我们俩的冰粥不一样，一碗是水果冰粥、一碗是绿豆冰粥。李刚推荐我吃水果冰粥，我没有推让，接过碗就用瓷勺子舀着吃起来。

　　我开始没在意，只觉得冰粥凉丝丝的，沁人心脾，吃起来很舒服，容易下口。连续吃了几勺，我的汗慢慢散了，人也凉快多了。我放慢狼吞虎咽的速度，慢慢品味冰粥的

食 · 光 · 杂 · 谈

味道，才发现冰粥里的水果有两种，一种是切成菱形的红色西瓜，一种是切成小丁的浅黄色梨肉。西瓜清凉爽口，咬在牙齿间有种咔嚓咔嚓的响声，在口腔里回旋，散发出凉意，越吃越有兴趣；梨肉有点酸味，那酸酸甜甜的味道，刺激我的食欲，越吃越来劲。

  我慢慢地品味，才知道西瓜那咔嚓咔嚓的声音来自它冰后的爽脆感觉，在口腔里形成小小的冰点，清刷着口腔，特别凉爽。我放慢速度，慢慢欣赏粥里的西瓜和梨肉，感受它们的味道，粥不是特别凉，能感觉更多的味觉，享受到粥的绵软。

  我们刚喝完冰粥，就接到电话，有急事要走，点好的海鲜粥只好打包带走。

边走边尝的茶痴与饕客

郑启五先生是位不折不扣的茶痴,他为茶叶而疯狂痴迷,他也是一位地地道道的饕客,他愿意为美食而行走,走到哪里,他就尝到哪里,品尽世间好茶,吃尽人间美食。郑启五先生把行走与吃、喝结合起来,做到了行万里路吃千种美食,品百杯名茶,甘愿做个为吃、喝受苦受累的人。

我与郑启五先生只见过一面,却神交已久。我们通过文字和书籍的叙述,我们相互之间比较了解对方,我们在生活上主张真我,在写作中表现本真、率真,用真实的感受去写作,那堆积起来的文字,如涓涓流水,汇聚各自的心头。

我与郑启五先生神交,源于他的美食类文稿和几部茶书。

二〇一三年六月,"下午茶"书系第一辑十种新书出版,陈赋先生给我寄来《把盏话茶》《杯酒慰风尘》《文字是药做的》《绿豆与美人霁》《木瓜玩》《流动的书斋》六种图书,我边组织书评人为这些新书撰写书评,边阅读陈赋先生寄来的新书,当读到郑启五先生的《把盏话茶》时,我就为他的喝茶事迹着迷,并逐步去了解他。

郑启五先生的父亲郑道传先生是湖南衡阳人,母亲陈兆璋女士是福州人,两人曾为厦门大学教授。一九五二年,郑启五先生出生在厦门,从小品尝闽菜。他曾数次随父亲回衡阳探访亲友,品尝衡阳的菜肴和小吃。郑启五先生现在任职厦门大学人口研究所,为研究生导师,福建省人口学会副会长,土耳其中东技术大学孔子学院首任中方院长,可以说走遍华夏大地和土耳其，品味了中华美食和土耳其的美食，在心里形成很好的中西饮食的对比，更加喜欢中餐。

　　郑启五先生对茶叶和美食都有极其狂热的兴趣和爱好，他每到一地出差、旅游，都要寻找当地的名茶和美食，品尝当地的好茶、好酒、好菜、名优小吃。几十年的游历和漫游，郑启五先生走遍了全国所有省会城市，只有青海西宁没有去过。我知道郑启五先生对茶叶的疯狂和痴迷之后，我叫他茶痴，知道他对美食的执着，我叫他饕客，其实郑启五先生是茶痴与饕客的结合体，并非两面性，而是完全合一，吃饭时品茶，品茶时不忘美食。

　　我了解郑启五先生的爱茶行为之后，开始心潮澎湃，久久难于平静。我从小在梅山腹地的新化农村生活了十九年，过着日日饮茶的逍遥生活，体味茶水的甜美和甘醇。我的祖辈是茶农，祖上有茶园上千亩，每年到采茶季节，祖父要请三四十位妇女到茶园采茶。

　　二〇一三年九月，我从网上获悉郑启五先生的《红月亮——一个孔子学院院长的汉教传奇》列为"六角坊"书系，在武汉大学出版社出版。十一月十八日，郑启五先生在厦门大摩"纸的时代"书店主办了主题沙龙和新书签售会。我读了郑启五先生发布的博文，转发到我的博客。十二月二十四日，《海峡导报》的"学堂周刊"对郑启五先生的《红月亮》进行了介绍和报道，并给予了高度评价，我渴望得到此书。

　　二〇一三年年底，郑启五先生的《茶言茶语》再次列入"下午茶"书系第二辑，在清华大学出版社出版。我虽然没有得到新书，却更加关注郑启五先生的作品。郑启五先生爬过千山万水，喝遍了中国茶；他行走在异域的土耳其，饮遍了土国的红茶，他边走边喝，边喝边写，留给我们的宝贵财富就是《茶言茶语》，让我羡慕不已。

《茶言茶语》是郑启五先生多年觅茶、品茶的心得和总结，充满浓浓的人生智慧和禅茶之道的感性，他那关于茶的色香味的描写，让我忍不住想找些茶来解解馋，最希望能够与他一起品茶闲聊。

二〇一四年二月十八日，嗜茶如命的郑启五先生在厦门大摩"纸的时代"书店主办了《茶言茶语》主题沙龙和新书签售会，与读者交流品茶心得。我远在湖南长沙，知道这个信息之后，很想前往参加郑启五先生的活动，无奈我购买机票和车票时，没有买到车票，只好遥相祝贺。

二〇一四年二月底，我受同乡好友王洪坤先生之托，邀请全国五位知名茶人前往湖南新化踏雪访茶。我趁这个机会，邀请了郑启五先生，他马上答应我，说这是最好的茶缘，我们将珍惜。在三月七日中午，我在长沙东塘的大华宾馆大堂终于见到了神交已久的郑启五先生，我曾多次在网上见过郑启五先生的照片，很容易就在人群里认出他来，只是没有我想象的那么威猛，稍显瘦小些。

我们来到房间，放下行李，洗漱一下就去吃中饭。郑启五先生声情并茂地说："巴陵，你是大美食家，对湖南的饮食了如指掌，今天中午就看你点菜，湘菜给我的第一印象就由这餐来决定了。"我笑笑说："郑教授，我一定让您吃得满意，点几样不辣的湘菜给您尝尝。"

我们在大华宾馆南面的一栋住宅楼里找了一家私家菜馆，我点了黑木耳、酸辣蕨根粉等凉菜和黄鸭叫、牛三宝等热菜，并特别交代服务员少放辣椒，"微辣"即可。为了减少辣味，还来了两瓶啤酒。郑启五先生要服务员来冰啤酒，我劝他，湖南的气温低，还

食 · 光 · 杂 · 谈　　第五辑

是喝常温的啤酒好。

　　菜端上桌来,黄鸭叫和牛三宝为干锅,红红火火,滋味浓烈。我知道郑启五先生善于吃喝与品味,并乐此不疲,游走世界各地。他父亲郑道传先生是衡阳人,却在解放初期就去了厦门,生活上接近厦门的习惯。郑启五先生是地道的厦门人,习惯吃厦门菜。微辣的湘菜辣得郑启五先生涕泪横流,他丝毫不受影响,还吃得兴致勃发,他喝完啤酒,就以茶代酒,用上好的"寒绿"热饮驱辣添爽,他愈吃愈来劲,那茶连泡三次,满杯依然银毫漫舞。郑启五先生吃兴很浓,我们持续了两个小时,才结束中餐,回房间休息。

　　我与郑先生住一间房,我利用这个时机,把陈赋先生赠送给我的《把盏话茶》找郑启五先生给我在书上签个名,留作纪念。郑启五先生签名之后,还赠送了一本武汉大学出版社二〇一三年九月出版的《红月亮——一个孔子学院院长的汉教传奇》,其中有《千年同发一"茶"音》《一杯红茶一百万》《最后一课请喝茶》《把中国功夫茶泡进AIESEG》《冲一壶不加糖的红茶》等数篇文章是关于郑启五先生在土耳其泡茶、喝茶和吃土耳其美食的美文,我非常喜欢,当即就仔细阅读起来。

　　三月八日,我们前往新化考察寒茶。在新化当天,我安排吃新化的三合汤、雪花丸子、柴火腊肉等特色美食,郑启五先生吃后大呼好吃。到天门镇,我们又吃百鸟不落炖猪脚、米粉肉皮、柴火腊肉等天门美食,喝极品寒茶。第二天,我们到水车镇,当地安排我们中午吃水车鱼冻、米粉黄蛤蟆等特色美食。这一路上,我们都吃着新化的特色美食;这一路上,我不停地向郑启五先生请教喝茶、寻茶的事情;这一路上,我向郑启五先生介绍和宣扬湘菜奇葩——新化特色菜肴。

　　三月十一日,郑启五先生离开湖南,回到厦门,还特地给我寄来他的新著《茶言茶语》。郑启五先生受一路美食的启发，整理了一百多篇美食文章，编辑成《边走边尝》，用 E-mail 发给我，邀我写一篇序。我知道自己人微言轻，答应给他写一篇评介方面的文章，介绍他的美食和茶书，无法写序。

我从收到郑启五先生的书稿那天开始，就阅读郑启五先生的《边走边尝》。郑启五先生的美食随笔有着他自己的风格，他是典型的边走边尝，如代序的《边走边吃糖葫芦》。但是郑启五先生的品尝，不是一般的尝过就忘记，他是回味和记忆并重，追忆那些旧时光里的美味。

郑启五先生写美食，他不写美食的味道和口感，而是写吃美食的感觉和情调，也就是写吃美食的心态，他那种老顽童的样子在美食随笔里表现得活灵活现，在吃美食的心态里表现得淋漓尽致。郑启五先生那行云流水的美食文字，让我联想翩翩，时有饥饿和口水四溢。

《边走边尝》读来轻松，又品味深入，对那些四处可以觅食的美食爱好者，是一部极品的美食指南，可以找到自己喜欢的美食和想要的美食，还可以模仿郑启五先生的情调，来些文雅的小资或老资情调。

我一口气读完十几篇郑启五先生的美食文章，有种极其舒畅的感觉。在以后的两三天里，我利用零散的时间，就读完了郑启五先生的《边走边尝》，现在已经过去了十多天，我还在他的行走中回味。